AF186379

Tucholsky
Wagner
Zola
Scott
Fonatne Sydow
Freud
Schlegel

Turgenev
Wallace

Twain
Walther von der Vogelweide
Fouqué
Friedrich II. von Preußen

Weber
Freiligrath
Frey

Fechner
Fichte
Weiße Rose
von Fallersleben
Kant
Ernst
Richthofen
Frommel

Hölderlin

Fehrs
Engels
Fielding
Eichendorff
Tacitus
Dumas

Faber
Flaubert

Feuerbach
Maximilian I. von Habsburg
Fock
Eliasberg
Zweig
Ebner Eschenbach

Ewald
Eliot
Vergil

Goethe
Elisabeth von Österreich
London

Mendelssohn
Balzac
Shakespeare
Dostojewski
Ganghofer

Trackl
Lichtenberg
Rathenau
Doyle
Gjellerup

Stevenson
Tolstoi
Hambruch

Mommsen
Lenz
Droste-Hülshoff

Thoma
Hanrieder

Dach
Verne
von Arnim
Hägele
Hauff
Humboldt

Karrillon
Reuter
Rousseau
Hagen
Hauptmann
Gautier

Garschin

Damaschke
Defoe
Hebbel
Baudelaire

Descartes

Hegel
Kussmaul
Herder

Wolfram von Eschenbach
Dickens
Schopenhauer

Bronner
Darwin
Melville
Grimm Jerome
Rilke
George

Campe
Horváth
Aristoteles
Bebel
Proust

Bismarck
Vigny
Barlach
Voltaire
Federer
Herodot

Gengenbach
Heine

Storm
Casanova
Tersteegen
Gilm
Grillparzer
Georgy

Chamberlain
Lessing
Langbein
Gryphius

Brentano
Lafontaine

Strachwitz
Claudius
Schiller
Kralik
Iffland
Sokrates

Katharina II. von Rußland
Bellamy
Schilling

Gerstäcker
Raabe
Gibbon
Tschechow

Löns
Hesse
Hoffmann
Gogol
Wilde
Gleim
Vulpius

Luther
Heym
Hofmannsthal
Klee
Hölty
Morgenstern

Roth
Goedicke

Luxemburg
Heyse
Klopstock
Puschkin
Homer
Mörike
Kleist

La Roche
Horaz

Machiavelli
Musset
Kierkegaard
Kraft
Kraus
Musil

Navarra
Aurel

Nestroy
Marie de France
Lamprecht
Kind
Kirchhoff
Hugo
Moltke

Nietzsche
Nansen
Laotse
Ipsen
Liebknecht

Marx
Lassalle
Gorki
Klett
Ringelnatz

von Ossietzky
May
vom Stein
Lawrence
Leibniz

Petalozzi
Platon
Knigge
Irving

Sachs
Poe
Pückler
Michelangelo
Kock
Kafka

Liebermann
Korolenko

de Sade
Praetorius
Mistral
Zetkin

Der Verlag tradition aus Hamburg veröffentlicht in der Reihe **TREDITION CLASSICS** Werke aus mehr als zwei Jahrtausenden. Diese waren zu einem Großteil vergriffen oder nur noch antiquarisch erhältlich.

Symbolfigur für **TREDITION CLASSICS** ist Johannes Gutenberg (1400 — 1468), der Erfinder des Buchdrucks mit Metalllettern und der Druckerpresse.

Mit der Buchreihe **TREDITION CLASSICS** verfolgt tradition das Ziel, tausende Klassiker der Weltliteratur verschiedener Sprachen wieder als gedruckte Bücher aufzulegen – und das weltweit!

Die Buchreihe dient zur Bewahrung der Literatur und Förderung der Kultur. Sie trägt so dazu bei, dass viele tausend Werke nicht in Vergessenheit geraten.

Am Tiberufer

Paul Heyse

Impressum

Autor: Paul Heyse
Umschlagkonzept: toepferschumann, Berlin

Verlag: tradition GmbH, Hamburg
ISBN: 978-3-8424-0599-8
Printed in Germany

Rechtlicher Hinweis:
Alle Werke sind nach unserem besten Wissen gemeinfrei und
unterliegen damit nicht mehr dem Urheberrecht.

Ziel der TREDITION CLASSICS ist es, tausende deutsch- und
fremdsprachige Klassiker wieder in Buchform verfügbar zu
machen. Die Werke wurden eingescannt und digitalisiert. Dadurch
können etwaige Fehler nicht komplett ausgeschlossen werden.
Unsere Kooperationspartner und wir von tredition versuchen, die
Werke bestmöglich zu bearbeiten. Sollten Sie trotzdem einen Fehler
finden, bitten wir diesen zu entschuldigen. Die Rechtschreibung der
Originalausgabe wurde unverändert übernommen. Daher können
sich hinsichtlich der Schreibweise Widersprüche zu der heutigen
Rechtschreibung ergeben.

Text der Originalausgabe

Paul Heyse

Am Tiberufer

(1883.)

Es war tief im Januar. Der erste Schnee hing am Gebirge, und die Sonne, die hinter dem Nebel stand, hatte nur einen geringen Streif am Fuß der Höhen weggeschmolzen. Aber die Oede der Campagne grünte wie Frühling. Nur die gelichteten Zweige der Oelbäume, die hie und da in Reihen die gelinden Senkungen der Ebene hinab stehen oder eine einsame Capanne umgeben, und das niedere Gestrüpp, das bereift an den Straßen wuchert, empfanden den Winter. Um diese Zeit sind die zerstreuten Heerden in die Hürden nahe bei der Hütte des Campagnuolen gesammelt, die gewöhnlich, im Schutz eines Hügels errichtet, mit Stroh bis auf den Boden dürftig genug vor dem Wetter verwahrt ist, und wer von den Hirten zu singen oder Flöte und Sackpfeife zu spielen versteht, hat sich aufgemacht, in Rom nachzügelnd als Pifferaro, den Malern zum Modell zu dienen, oder mit anderm Erwerb das arme, frierende Leben zu fristen. Herren der Campagne sind nun die Hunde, die in großen Rudeln die verlassene Weite durchstreifen, vom Hunger verwildert, von den Hirten nicht mehr streng bewacht, deren Armuth sie nur zur Last fallen.

Gegen den Abend, als der Wind stärker wurde, schritt ein Mann durch die Porta Pia und wanderte den Fahrweg zwischen den Landhäusern hin. Der Mantel hing ihm nachlässig um die starken Schultern und der breite graue Hut saß tief im Nacken. Er sah nach den Bergen hinüber, bis der Weg tiefer ward und nur ein geringes Stück der Ferne zwischen den Gartenmauern durchblickte. Die Enge schien ihn zu beklemmen. Er verlor sich wieder unmutig in seine Gedanken, denen zu entrinnen er das Freie gesucht hatte. Eine stattliche Eminenz trippelte mit ihrem Gefolge an ihm vorbei, ohne daß er sie gewahrte und grüßte. Erst der nachfolgende Cardinalswagen erinnerte ihn an seinen Verstoß. Von Tivoli her rollten Carossen und leichtere Fuhrwerke voll Fremder, die es gelüstet hatte, die Berge und Cascaden im Schnee zu sehen. Er warf keinen Blick auf die zierlichen Gesichter der jungen Engländerinnen, mit deren blauen Schleiern die Tramontane spielte. Hastig bog er von der Straße ab, links in einen Feldweg hinein, der erst Mühlen und Schenken vorüber lief und dann mitten in die Wildniß der Campagne hinaus führte.

Nun stand er einen Augenblick, tief atmend, und genoß die Freiheit des weiten winterlichen Himmels. Die gedämpfte Sonne schien röthlich herüber, hauchte die Trümmer der Wasserleitung an und färbte den Schnee am Sabinergebirge. Hinter ihm lag die Stadt. Aber nicht fern von ihm begann eine Glocke zu läuten, nur leise durch den widrigen Wind. Das machte ihn unruhig. Als wolle er dem letzten Laut des Lebens verwehren, zu ihm zu dringen, ging er vorwärts. Er verließ bald den schmalen Pfad, die Wellen der Ebene auf und ab kreuzend, schwang sich über die Stangen, die im Sommer die weidenden Rinder eingehegt hatten, und vertiefte sich mehr und mehr in die einsame Dunkelheit.

Es war eine tiefe Stille dort, wie mitten auf dem ruhigen Meer. Fast hörte man den Flügelschlag der Krähen, die über den Boden hin hüpften. Keine Grille sang, kein Ritornell eines heimwandernden Weibes drang von der fernen Straße bis zu ihm. Da ward ihm wohl. Er stieß den Stock mehrere Male hart gegen den Boden und freute sich an dem Ton, der ihm antwortete. – Sie spricht nicht viel, sagte er vor sich hin im Dialekt des gemeinen römischen Volks, aber sie meint es ehrlich und sorgt im Stillen für ihre plappernden Kinder, die sie mit Füßen treten. Daß ich sie nie wieder zu hören brauchte, diese windigen Schufte! Meine Ohren sind wund von ihren glatten Phrasen. Als wär' ich nichts, als wüßt' ich es nicht besser, woran diese Dinge hängen, von denen sie zu schwatzen wissen, während ich nichts verstehe, als sie zu schaffe. Und doch leb' ich von ihnen und muß eine gute Miene machen, wenn die Fratzen mein Werk beschnüffeln! Accidenti! fluchte er in den Bart. – Ein Echo kam zurück. Er sah betroffen umher. Keine Hütte, kein Hügel war auf eine halbe Stunde im Umkreis zu sehn, noch konnte er einen Menschen nahe glauben. Er ging endlich weiter und dachte, ein Windstoß äffe ihn. Da klang es plötzlich wieder, näher und lauter. Er stand und horchte scharf. Bin ich einer Capanne nah, oder einem Schuppen, aus dem die Rinder brüllen? Es kann nicht sein – es klang anders – es *klingt* anders – und jetzt, jetzt – und ein Schauder schüttelte ihn – es sind die Hunde! sagte er dumpf.

Das Geheul kam näher, heiser wie von Wölfen, kein Bellen und Kläffen, sondern ein Gestöhn, rauh vorgestoßen, das die Stimme des Windes in Eine ununterbrochene furchtbare Melodie zusammenwehte. Eine lähmende Kraft schien in ihr zu liegen. Denn der

Wanderer stand regungslos, den Mund und die Augen starr geöffnet, das Gesicht der Seite zugewendet, von der der Schlachtruf der wüthenden Thiere heranschwoll. Endlich richtete er sich gewaltsam in seinen Gliedern auf und sagte: Es ist zu spät, sie haben längst die Witterung, und bei dem falschen Zwielicht stürzt' ich nach dem zehnten Schritt, wenn ich laufen wollte. Nun denn, wie ein Hund gelebt und von meinesgleichen umgebracht – es ist doch Sinn darin. Hätt' ich ein Messer, macht ich's meinen Gästen leichter. So aber – und er prüfte die starke Eisenspitze seines Stockes – wenn es ihrer wenige sind – wer weiß, ob mein Hunger nicht den ihren überlebt?

Er schlug sich den Mantel um, daß der rechte Arm frei wurde, und der linke, vielfach umwunden, zur Abwehr gerüstet war, und faßte den Stock. Mit kaltblütiger Entschlossenheit untersuchte er den Boden, wo er stand. Er fand ihn von Gras entblößt, steinig und hart. Sie mögen kommen, sagte er, und stellte sich fest gegen die Erde. Er sah sie jetzt und zählte in der Dämmerung, Fünf! zählte er, und da ein sechster! Sie rasen heran, wie der höllische Feind, dürre, hochbeinige Bestien. Wart! – und er hob einen starken Stein – man muß doch den Krieg ankündigen, wie es Brauch ist.

Damit schleuderte er den Stein gegen den vordersten, auf fünfzig Schritt hinaus. Ein verdoppeltes Geheul antwortete. Das Rudel hielt einen Augenblick im Jagen inne. Einer von ihnen lag zuckend am Boden.

Waffenstillstand! sagte der Mann. Seine Lippe zitterte, das Herz schlug tobend gegen den linken Arm, der den Mantel krampfhaft festhielt. Aber die Wimper über dem scharfen Auge zuckte nicht. Er sah seine Feinde wieder losbrechen und ihre Augen glänzen durch die Schatten. Zu Paaren kamen sie, der größte voran. Ein zweiter Stein, der diesen anflog, sprang von der knochigen Brust ab, und das gereizte Thier stürzte heiser aufmurrend gegen die dunkle Gestalt. Ein Ruck, und er lag rücklings auf dem Gestein, und der im Wirbel geschwungene Stock fuhr ihm gewaltsam gegen den offenen Rachen. – –

Ein Reiter sprengte durch das Grau der Winternacht, einige hundert Schritt dem Kampfe fern, über die pfadlose Campagne. Er spähte nach der Stelle, von der das Geheul in kurzen Pausen zu ihm kam, und sah einen Mann stehn, wanken, zurückweichen, wieder festen Fuß fassen, während die Feinde sich ablösten im Angriff und von allen Seiten auf ihn einstürmten. Dem zu Pferde grauste. Er stieß seinem Thiere die Sporen in die Seite und flog heran. Der Hufschlag drang dem Kämpfenden zu Ohren; aber es war, als ob der jähe Schreck der Hoffnung ihm plötzlich die Kraft bräche. Sein Arm sank nieder, seine Sinne verwirrten sich, er fühlte sich von hinten niedergerissen und taumelte zu Boden. Noch hörte er durch den Nebel des Bewußtseins einige Schüsse fallen; dann verfiel er in Ohnmacht.

Als er sich wieder ermannte und die Augen zuerst aufschlug, sah er das Gesicht eines jungen Mannes über sich, an dessen Knie sein Haupt lehnte und dessen Hand ihm mit ausgerauftem nassen Gras die Schläfe rieb. Das Pferd stand dampfend neben ihnen; ihm zu Füßen wanden sich zwei Hunde, blutig, im letzten Todeszucken.

Seid Ihr verwundet? hörte er fragen.

Ich weiß nicht.

Ihr wohnt in Rom?

Beim Tritone.

Der Andere half ihm sich aufrichten. Er vermochte nicht zu stehen, der linke Fuß schmerzte ihn heftig. Er war barhaupt, der Mantel in Fetzen, der Rock am Arm aufgerissen und blutig, das Gesicht blaß und starr. Ohne zu sprechen, ließ er sich von seinem Retter stützen, der ihn die kurzen Schritte zu dem Pferde mehr trug als führte. Er saß endlich im Sattel, und der Andere faßte den Zügel des Pferdes und leitete es langsam nach der Stadt zu.

Bei der ersten Osterie außerhalb der Mauern hielten sie. Der junge Mann rief der Wirthin, daß sie Wein bringe. Als der Verwundete ein Glas geleert, belebten sich seine Züge, und er sprach:

Ihr habt mir einen Dienst geleistet, Herr. Vielleicht verwünsch' ich ihn noch einmal, statt ihn Euch zu danken. Fürs erste dank' ich aber. Man hängt nun einmal am Leben, wie an anderen schlechten Gewohnheiten. Man weiß, die Luft ist voll von Fieber und Fäulniß und nichtswürdigem Dunst der Menschen, und doch dünkt Jeden Athemholen eine gute Sache.

Ihr seid schlecht auf die Menschen zu sprechen.

Ich habe Keinen gefunden, der mich nicht für einen Dummkopf hielt, wenn ich gut von ihm sprach. Verzeiht, Ihr seid nicht aus Rom?

Ich bin ein Deutscher.

Gott segn' es Euch!

Sie erreichten schweigend das Thor und lenkten ein nach Piazza Barberini. Der Verwundete wies auf ein kleines Haus im Winkel des Platzes, baufällig und dunkel. Als das Pferd vor der niedrigen Thür hielt, ließ sein Reiter sich niedergleiten, ehe der Andere ihn stützen konnte, brach aber hülflos zusammen. Es ist ärger als ich dachte, sagte er. Thut noch das und helft mir hinein, und da ist der Schlüssel. – Der junge Mann unterstützte ihn schweigend, rief einem Knaben, das Pferd zu halten, und einem müßigen Burschen, das Haus zu öffnen. Drinnen war es dunkel, die feuchte Kälte schlug ihnen unheimlich entgegen. Sie trugen ihn durch den Flur, wie er's ihnen sagte, links in ein wüstes großes Gemach. Wo ist Euer Bett? fragte der Deutsche. – Wo Ihr wollt; aber legt mich lieber drüben an die Wand. Dort hinten ist die Mauer nicht zuverlässig. Dieser brave alte Palazzo, im Frühjahr wollen sie ihn niederreißen; ich glaube, er hat nicht die Geduld, es abzuwarten.

Und Ihr haltet es hier aus? –

Es ist die billigste Art, sich begraben zu lassen, sagte der Andere trocken. Ich spiele hier den Wirth für freies Quartier.

Indessen hatte der Bursch Feuer angeschlagen und die kleine Messinglampe angezündet, die am Fenster stand. Der junge Mann half dem Verwundeten auf eine Decke, über Stroh ausgebreitet, und deckte ihn mit dem zerrissenen Mantel notdürftig zu. Mit einem tiefen Athemzuge streckte sich die kräftige Gestalt aus und schloß die Augen. Der Deutsche gab dem Burschen Geld und trug ihm Verschiedenes auf; dann ging er ohne Abschied hinaus, warf sich aufs Pferd und ritt eilig davon.

Nach einer Viertelstunde betrat er wieder das Gemach und brachte den Arzt. Während dieser die Wunden an Bein und Arm untersuchte und verband, was der Kranke geschehen ließ, ohne einen Laut von sich zu geben, sah sich der junge Deutsche an den Wänden um. Sie waren kahl und der Bewurf in großen Stücken abgefallen. Die Balken am Dach standen nackt und geschwärzt heraus, das schlechte Fenster ließ die schneidende Luft ein, weniges Geräth stand herum. Indeß brachte der Bursch einen Arm voll Holz und machte ein Feuer im Kamin. Wie es nun roth aufprasselte, wurden im Winkel einige verstaubte Thonfiguren und Gipsabgüsse sichtbar, ein großer Delphin, der einen todten Knaben auf dem Rücken trug, eine Meduse in Relief, kolossal, die Haare noch nicht zu Schlangen belebt, wirr um die schmerzlichen Schläfen herabgeringelt – er entsann sich nicht, diese Züge an einer Antike gesehen zu haben. Abgüsse über dem Leben, Arme, Füße, die Brust eines jungen Mädchens, dazwischen flüchtige Skizzen in Thon standen und lagen wüst durch einander. Auf dem Tisch aber sah er mannigfaches Geräth, wie es ein Cameenschneider braucht, und einige Stöcke mit halbvollendeten Arbeiten, zum größten Theil Medusenköpfe, die jenem großen Relief glichen, aber von verschiedenem Grad und Charakter der Leidenschaft und Hoheit. Unbearbeitete Muschel-Stücke, Abdrücke geschnittener Steine und Pasten in Glas und Gips lagen in einem Kästchen daneben.

Ich denke, es hat keine Gefahr, sagte nun der Arzt. Laßt Eis holen und den Burschen die Nacht aufsitzen, den Verband unablässig zu kühlen. Sie haben Euch arg mitgespielt, Sor Carlo. Aber wer Teufel heißt Euch um diese Jahres- und Tageszeit in die Campagne rennen?

Diese eigensinnigen Schufte, die Kamine, sagte der Künstler; sie wollen ihre Schuldigkeit nicht thun, ohne daß man ihnen Scheiter in den Hals stopft. Ich hatte was gegen meinen guten alten Palazzo, Sor Dottore; ich hätt' ihm am liebsten einen Tritt gegeben, uns Beide zu erwärmen. Nun, da lief ich ihm davon, damit es nicht zu Thätlichkeiten zwischen uns komme.

Ihr seid hier übel verwahrt, erwiederte der gutmütige kleine Herr und wischte sich die Brillengläser, die beschlagen waren. Meine Frau soll Euch noch eine Decke schicken; und morgen seh' ich wieder nach. Der Schlaf wird kommen, und dieser Arzt steckt uns Alle in die Tasche. Gute Nacht!

Der junge Mann begleitete ihn hinaus, und sie sprachen im Flur eine Weile. Ich kenne ihn dem Namen nach, sagte der Arzt. Er geht so seine seltsamen, menschenscheuen Wege, verkehrt in den Kneipen mit dem letzten Facchin am liebsten, und was er hat, verthut er. Es ist aber Keiner in Rom, der's ihm gleich thäte in Cameen. Er hat's von seinem Vater, Giovanni Bianchi, der lange todt ist.

Sind die Wunden im Ernst ungefährlich?

Wenn er sie schont und mit dem Eis nichts versäumt wird. Er hat Glieder wie von Eisen, sonst hätt' er auch den Bestien nicht so lange Stand gehalten. Fünf, sagt ihr! der tollkühne Mann! Aber das ist so einer von seinen Streichen. Nun, nun, er wird schlafen; seid unbesorgt, Sor Teodoro!

Er schlief schon, als Theodor wieder zu ihm eintrat, obwohl er das Gesicht nach dem hellen Feuer gewendet hatte. Theodor betrachtete ihn lange. Er war völlig schön, nur die Nase ein wenig hager, das Haar war hie und da verblichen, der Bart ungepflegt; aus dem athmend halbgeöffneten Munde glänzten die weißen Zähne vor. Als Theodor den Mantel lüftete, um das Eis aufzulegen, sah er die ganze Kraft der Glieder.

Er schickte den Burschen fort, nachdem er ihn Vorrath von Holz und Eis hatte zutragen lassen und befahl ihm, in der Frühe wiederzukommen. Er selbst schob einen Rohrstuhl an den Kamin und ließ sich nieder, den Mantel umgeschlagen, und bereitete sich, zu wachen. Es war nun um die zehnte Stunde; draußen über dem öden Platz stand die klare Nacht, und der Strahl des Springbrunnens plätscherte leise in die Muschel des Tritonen. Aus einem nahen Hause hörte er eine Mädchenstimme singen:

Chi sa se mai
Ti soverrai di me!

den Refrain eines alten schmerzlichen Liedes. Bald schwieg auch das und summte wortlos in ihm nach.

Er sah sich wieder am Rande der Schlucht von Tivoli, auf dem Fußweg den Wassern gegenüber, die in winterlicher Dürftigkeit aus ihren vielen Mündungen niederstürzten. Sie gingen, ohne sich zu führen, neben einander, er, das schöne Mädchen und ihre bewegliche kleine Begleiterin, die unablässig über den mühevollen abschüssigen Weg eiferte. Wir hätten mit Euren Eltern zurückgehen sollen, Mary, sagte sie mehr als einmal auf Englisch; ja, wir sollten es noch. Da sind sie noch, Kind, droben über der Cascade, seht nur, Mary, und werden bald ganz comfortable am Kamin sitzen, in der Sibylle, und wir erfrieren uns die Nasen. Die Eure ist schon ganz roth, Mary; dear me, wie seht Ihr aus, Kind! Der Wind ist auch so scharf von dem Wasser herüber; Ihr sagtet es gleich, Sir, und warntet; aber unser Kind hat ihre Einfälle. Guter Gott! wir haben die Landschaft ja im Herbst gesehen und gar im Sommer und ritten damals sanft und bequem den Abhang nieder, den wir jetzt hinabstolpern und -gleiten müssen.

Es ist nicht mehr weit, liebe Miß Betsy, sagte das Mädchen lächelnd, dann wird die Straße gelinder. Unser Freund bot Euch ja seinen Arm; warum schlugt ihr ihn aus?

Die kleine Person näherte sich ihr und sagte leise: Mary! daß Ihr mich das fragt! Ihr kennt meine Grundsätze, daß es unschicklich ist, bergunter sich von einem unverheiratheten Manne führen zu lassen. Wenn wir gleiten, und uns an ihm halten, nimmt er jeden Druck für eine Zärtlichkeit. Ihr setzt mich in Verlegenheit, Kind.

Marie lächelte fast unmerklich. Sie ging dann ernsthaft ihres Weges; der Hut von schwarzem Sammet verbarg ihr Gesicht dem jungen Manne bis auf die vornickende braune Locke. – Es war kein bloßes Compliment, Sir, sagte sie dann und blickte ihn unbefangen an, als mein Vater Euch gestand, daß Ihr durch Eure Zurückhaltung ihm weh gethan. Wenn ich mich recht besinne, waret Ihr seit meines armen Bruders Tode nur viermal in unserm Hause.

Viermal! sagte er. Und Ihr habt gezählt? –

Wir mußten die Zahl oft vom Vater hören. Seit ich Edward verloren habe, sagt er, mag ich mit Niemand sprechen, der ihn nicht gekannt hat. Wie soll er mich noch kennen lernen? Dann kommt er immer auf Euch und lobt Euch und vermißt Euch.

Ich gestehe, sagte Theodor, die Liebe und Herzlichkeit, mit der mich Eure Eltern begrüßten, als wir uns hier begegneten, überraschte und rührte mich heftig. Auch ich bin in diesem Winter menschenbedürftiger als sonst. Im vorigen, der der erste war, durfte ich mich von nichts zurückziehen, was sich aufdrängte und Gewinn versprach. Ich sehe nun, daß ich nur verloren habe. Die Gesellschaft widerspricht dem Ort. Sie fühlt das, und weil sie doch gelten will, muß sie sich überheben. Das ist widerwärtig, und verbittert andächtigen Menschen, wie ich einer bin, die fruchtbare Stimmung. Darum leb' ich nun für mich, oder mit Einzelnen, denen es nicht besser gegangen als mir. Und doch bin ich von meiner Heimath her verwöhnt, auf die Länge nur in der Familie meines Lebens froh zu werden.

Ihr seid nun schon so lange von Euren Eltern getrennt –

Ich habe sie verloren, sagte er still. Sie starben beide in derselben Woche. Da ging ich über die Alpen, und Gott weiß, ob ich je zurückkehre.

Sie betraten die leichten Schatten der Olivenpflanzung. Der Weg war durchaus trocken; über ihnen in den Zweigen glänzte es von Sonne, die den flüchtigen Schnee auf den Blättern aufgethaut hatte, daß sie schimmerten wie nach feinem Frühlingsregen. Die kleine Ehrendame wurde der besten Laune und erzählte von ihren einsamen Wanderungen durch Rom. Man wollte wissen, daß sie an einem Buche über Rom arbeite. Wie es auch immer damit sein mochte, es stand fest, daß sie sogar ihren Grundsätzen Gewalt anthat und es sich nachsagen ließ, daß sie mit einem wildfremden jungen Italiener eine Stunde lang die Thermen des Caracalla nach allen Seiten durchforscht und seine Begleitung nach ihrer Wohnung nicht abgelehnt habe.

Glaubt Ihr wohl, Mary, rief sie jetzt, daß ich mich leicht entschließen könnte, mein altes England mit keinem Auge wiederzusehn? Ihr wißt, wie ich es Anfangs keinen Monat hier auszuhallen meinte. Denn ich bin von alter Familie, Sir, und mein erster Ahn fiel bei Hastings, nachdem er für sein Theil und für seine Kinder das Land mit erobert hatte. Darum gehört mir mein Stück England so gut, wie dem größten Grundbesitzer, und wer läßt gern das Seine im Stich! Und dennoch, wer weiß, ob ich hier nicht mein Leben beschlösse, wenn es nicht unedel wäre, seines Vaterlandes zu vergessen, so sehr es uns selbst und alte gute Dienste der Vorfahren vergessen haben mag.

Ich wüßte nicht, sagte Theodor lächelnd. Ihr erweist Alt-England nur einen Dienst, wenn Ihr an Euerm Theil Rom erobert und so in die Fußstapfen Eures Urahnen tretet.

Ihr seid ein Spötter, sagte sie und gab ihm einen leichten Schlag mit dem Fächer. Aber wenn ich auch noch in den Jahren stünde, wo Euer Spott artiger wäre, meint Ihr im Ernst – vorausgesetzt, Ihr hättet einigen Grund zu Eurer Aeußerung und es wäre Jemand um mich bemüht – meint Ihr, sag' ich, daß englischer und italienischer oder eigentlich römischer Charakter sich auf die Länge mit einander vertrügen?

Ihr wißt, theuerste Freundin, daß die Liebe Wunder thut, Abgründe ausfüllt und Schranken niederreißt. Für die Charaktere fürchte ich nicht. Fände sich die *Bildung* übereinstimmend, was sollte den *Herzen* nicht gelingen! Ich habe mehr Ehen an verschiedenem Geschmack, als an vermiedenen Leidenschaften zu Grunde gehen sehn. Aber welcher Römer würde z. B. Euren Geschmack an Rom nicht theilen?

Ihr habt Recht, sagte sie, im Grunde ist die Liebe Geschmackssache. – Sie zog den grünen Schleier übers Gesicht und schien in ernstlichen Betrachtungen ungestört bleiben zu wollen.

Die beiden jungen Leute gingen nun ein wenig voran, denn sie hörten Miß Betsy halblaut mit sich selbst reden, wie es ihr oft begegnete, und wollten ihre Träume nicht belauschen. Die Gute, sagte Marie mit ihrer sanften Stimme, die Reise hat sie ganz aus ihrer Fassung gebracht. Sie hatte auch sonst wohl einen abenteuerlichen Zug, den sie aber in England unschuldig an der Politik ausließ. Mit dem ersten Fuß auf das Festland ist dieser seltsame Hang, Erlebnisse zu *machen*, in ihr aufgewacht und hat uns auf der Reise schon manche Sorge um sie und freilich auch manchen Anlaß zum Lachen gegeben.

In jüngeren Jahren muß ihr dies phantastische Wesen allerliebst gestanden haben, sagte Theodor. Aeltere Leute wissen in der Regel, daß man schon vollauf zu thun hat, Schicksale, die kommen, zu *nehmen*, und daß es mißlich ist, sie aufzusuchen. Hoffentlich wird sie es mit ihrem höflichen römischen Freunde bald eben so wenig ernst nehmen, als er es mit ihr von Anfang an genommen hat.

Ich sah sie Beide nach Haus kommen. Er war um vieles jünger, ein ansehnlicher Mann mit etwas übermüthigen, aber feinen Zügen.

Was haltet *Ihr* von der Streitfrage, die Miß Betsy aufwarf? fragte Theodor nach einer Pause.

Von welcher?

Ob Menschen verschiedener Nation für einander taugen?

Mary schwieg eine Weile. Je mehr die Menschen von einander wollen, sagte sie dann, und je mehr sie einander zu geben wünschen, desto verwandter, dünkt mich, müßten sie sein. Und selbst dann – ich habe einen Engländer gekannt, der mit einer Creolin verheirathet war. Sie nahmen beide das Leben leicht und äußerlich; er freute sich, eine schöne Frau zu haben, und sie schien zufrieden, daß er sie mit Reichtum überschüttete. Und doch war etwas zwischen ihnen, etwas Klimatisches, wo sie nun auch leben mochten. Sie wurden nicht recht froh mit einander.

Sie waren aus verschiedenen Zonen. Aber wenn sie nordländisches Blut gehabt hätte –?

Es mag sein. Und doch – ich spüre es an mir selber. Ich bin im Gebirge aufgewachsen und habe mich langsam an die weichen römischen Lüfte gewöhnen müssen. Nun haben wir Winter. Droben liegt der schöne, klare Schnee. Wenn wir heut wieder bei den Eltern sind, am Kamine sitzen, das Wasser im Kessel singt, und ich alles um mich habe, was zu meinem Leben gehört, sollte ich billig *ganz* glücklich sein können. Doch gestehe ich, daß mir dann erst recht das Heimweh kommen könnte nach unserm Landhause, wo die alten Ahornbäume vor den Fenstern stehn und hinter dem Garten das verschneite Feld liegt, lange nicht so schön wie dort drüben die Campagna, und der Himmel darüber ganz in trüben Nebeln versunken, während dieser Horizont, der so rein ist, mich erquicken und erheitern könnte. Es ist dennoch die Fremde. Und so ein Fremdes mag wohl auch zwischen den Menschen bleiben.

Sie hatten das Gespräch bisher englisch geführt. Er fing plötzlich deutsch an, dessen sie völlig mächtig war bis auf einen geringen Accent. Erlauben Sie mir, sagte er, daß ich deutsch spreche. Sie haben mir von Ihrem Heimweh mitgetheilt. Als Sie von Ihrer winterlichen Stille erzählten, mußte ich an deutsche Winter denken, die nun hinter mir liegen und so nie wiederkommen werden. Ich hörte wieder den leisen Ton, wenn die Raben durch die kahlen Zweige strichen und die kleinen dürren Aeste brachen, daß ein feines Schnee-wölkchen am Fenster vorbei niederstäubte. Meine Mutter lag dort monatelang ans Ruhebett gefesselt; sie konnte und wollte nicht mehr in die unruhige Stadt. Der alte Landsitz hatte sonst nur sommerliche Bewohner gesehen, fröhliche Jagden, heitere Spaziergänger. Jetzt war er die Zuflucht im Winter, wo die Mutter sich von ihren beschwerlichen Badereisen erholte.

Sie waren dann bei ihr?

In den ersten Jahren nur immer auf Wochen. Den letzten Winter aber ließ sie mich nicht von sich. Ich saß die vollen Tage neben ihr, arbeitete und sprach dazwischen, oder spielte ihr ihre Lieblingsmelodieen vor, jene einfachen alten Lieder, die nun ganz aus der Mode sind. Der kleine Saal ging auf den Garten hinaus mit vielen hohen Fenstern. Ich sehe noch meinen Vater auf der Terrasse davor auf und nieder wandeln mit der Bärenmütze und kurzen Pfeife. Er konnte die Luft des geheizten Raumes nicht lange ertragen. Aber selten verließ er jenen Platz, und wer ein Geschäft mit ihm hatte, mußte ihn dort aufsuchen. Von Zeit zu Zeit kam er auf eine Viertelstunde zu uns herein. Ich werde den Blick nie vergessen, mit dem dann meine arme Mutter zu ihm aufsah. Sie hatte Schöne, verklärte blaue Augen.

Dann starb sie?

Im Frühling. Der Vater bald darauf. Er verunglückte auf einem Ritt. Seit die Mutter von uns gegangen war, hatte er nicht Ruhe, bestieg die wildesten Pferde und blieb oft halbe Tage lang aus, so sehr ich ihn beschwor, sich zu schonen. Ich kannte ihn, ich wurde die unheimlichste Angst nicht los – ich hatte nur zu sehr Recht. – –

Sie waren im Grunde angekommen und blieben stehn, ihre Begleiterin zu erwarten. Marie stand einige Schritte von ihm, so daß er, wie er sich wandte und die Gegend überschaute, ihr volles Bild vor sich hatte. Die schönen, klaren Züge waren wehmüthig überflort; unter den gesenkten Augenlidern schimmerte es feucht. Als sie sie aufschlug, sah er die blauen Augen groß und ernsthaft auf der Landschaft ruhen. Er kannte schon diesen Blick. Er hatte ihn früher vermieden, denn er wußte, welche Macht er hatte. Jetzt überließ er sich ihr zum ersten Mal. Marie! sagte er. Sie regte sich nicht und sah ihn nicht an. Da erreichte sie die kleine nachdenkliche

Freundin. Das Gespräch ward wieder angeknüpft, während sie die Höhe von Tivoli erstiegen. Marie aber nahm nicht Theil daran.

Als sie gegen die erste Dämmerung von Tivoli aufbrachen, nun heiterer vom Wein, und Theodor die Damen eben in den Wagen gehoben hatte, sagte der alte Herr zutraulich zu ihm: Ich steige nicht eher ein, als bis ich weiß, wann wir Euch wiedersehn, theurer Sir. Ich habe noch eine kleine Angelegenheit, die mir und uns Allen sehr wichtig ist und die ich gern mit Euch berathen möchte. Sie betrifft unsern armen Edward. Ich weiß, Ihr kommt am ehesten, wenn Ihr wißt, daß man auf Euren Beistand rechnet.

Kommt heute Abend noch, bat die Mutter.

Er versprach es. Als man ihm sein Pferd brachte, sah er einen ängstlichen Zug auf Mariens Gesicht. Er saß bald im Bügel, und das muntere Thier leicht regierend, begleitete er eine Strecke weit den Wagen. Alsdann blieb er zurück, ritt langsamer und ließ den Tag an sich vorüberziehen. Die Nacht überholte ihn. Er spornte nun wieder das Pferd, und in der Meinung, einen Umweg abzuschneiden, ritt er quer über die Heidefläche. So war er in Bianchi's Nähe gekommen.

Er schüttelte sich jetzt, warf Holz noch in die Glut und starrte mit seinen schwarzen Augen ernsthaft hinein. Was werden sie denken, sagte er bei sich selbst, daß ich ausgeblieben bin! Was wird sie denken! Es ist nun zu spät, einen Boten zu schicken, und wen hätte ich auch? Sie wird zu Haus sitzen und nicht wissen, was dieser Tag bedeuten mag. Oder – chi sa, se mai! –

Dann wartete er wieder seines Dienstes bei dem Kranken, ging auf und ab und vertiefte sich in den Medusenkopf, den der Feuerschein warm anflog, der Farbe des schwindenden Lebens täuschend gleich, wo das widerwillige Blut mit dem Todesschrecken kämpft. Das ergriff ihn mit Gewalt. Er mußte endlich die Augen abwenden und entdeckte nun erst auf dem dunkeln Sims des Kamins einige freche Figürchen, theils nach verrufenen pompejanischen Bronzen, theils von neuer Hand, in die Wette mit jenen zügellos und lebendig. Daneben lag ein zerrissenes, verstaubtes Exemplar des Ariost. Danach griff er und las begierig. Es war das einzige Buch, daß er entdecken konnte.

So gingen die Stunden. Lange nach Mitternacht stöhnte der Schlafende heftig auf und schlug mit den Händen im Traum um sich. Als Theodor ihm das verschobene Lager wieder zurecht rückte und die Decken neu über ihn breitete, erwachte er vollends und fuhr auf. Wie zur Gegenwehr tastete er umher und rief mit entschlossener Stimme:

Wer seid Ihr?

Ein Freund; erkennt mich nur! erwiederte Theodor.

Das ist gelogen; ich habe keinen! schrie der Verwundete und strebte in die Höhe. Der Schmerz an den verbundenen Gliedern klärte ihn auf; er sank zurück und sammelte sich vollends. Eine Zeitlang lag er still. Dann sagte er sanfter:

Ihr seid's. Nun erkenn' ich Euch. Was thut Ihr hier zu dieser Zeit? Warum seid Ihr nicht nach Haus gegangen? Seid Ihr anders als andere Mutterkinder, die im Wachen rechtschaffen sind, nur um einen ruhigen Schlaf zu haben? Geht! Ihr habt Euren Schlaf verdient; warum bewacht Ihr meine Träume?

Der Arzt will, daß Eure Wunden über Nacht kühl gehalten werden. Ich könnt' es den fremden Menschen nicht anvertrauen.

Seid Ihr nicht auch ein fremder Mensch?

Nein, denn ich thue es nicht um ein paar Paul. Ich thu' es Euch zu Liebe.

Der Andere lag eine Weile stumm. Dann sagte er mit seltsamer Heftigkeit: Ihr thätet mir einen Gefallen, wenn Ihr ginget. Es ist mir wie eine Krankheit, wenn sich ein Mensch um mich bekümmert, und wenn ich danken soll, bin ich ungeschickter, als ein alter Mann, der einer Dirne aufwarten will.

Was geht mich Euer Dank an! Ich bleibe, weil Ihr mich braucht. Könnt Ihr mich entbehren, so sollt Ihr nicht zu klagen haben, daß ich Euch beschwerlich falle.

Ich kann nicht schlafen, wenn ich Euch da sitzen und frieren weiß.

Der Andere schürte das Feuer. Ich hoffe, Ihr spürt bis da drüben hin, daß mir warm sein muß.

Nach einer Pause, in der der Kranke mit geschlossenen Augen gelegen hatte, fragte er von neuem:

Ihr seid ein Lutheraner, Herr?

Ja.

Ich wußt' es, sagte Bianchi vor sich hin. Er will die Kirche um eine Seele betrügen. Darum thut er das Alles. Sie sind nicht besser, als wir.

Ihr redet im Fieber, sagte Theodor nachdrücklich. Redet was Ihr wollt.

Sie schwiegen jetzt eine lange Zeit. Theodor legte nach wie vor frisches Eis auf, und Bianchi lag indessen, das Gesicht nach der Wand gekehrt, regungslos, als ob er schliefe. Plötzlich, als Theodor wieder mit ihm beschäftigt war, warf er sich herum und stützte sich auf. Mit dem verwundeten Arm haschte er nach Theodors Hand und hielt sie mit seiner heißen und sagte leise und langsam: Ihr seid gut! Ihr seid gut! Ihr seid ein Mensch. – Die Schwäche übermannte ihn, er fiel aufs Stroh zurück und brach in ein krampfhaftes Weinen aus. Als die Thränen nachließen, schlief er von neuem.

*

Als er erwachte, brach helles Tageslicht durch die Spalten des Ladens, daß eine sonnige Dämmerung um ihn war. Er sah den Burschen an seinem Bett und den Arzt und hörte, daß Theodor am frühen Morgen, da der Bursch gekommen, in die Stadt hinunter gegangen sei, ohne ein Wort von Wiederkommen zu sagen.

Den halben Tag verbrachte er so, unruhig, sinnend, hinaushorchend nach dem Flur. Ein paar Mäuse, die er gezähmt und für die er sonst in aller Noth und Drangsal Aufmerksamkeit hatte, kamen bis in die Mitte des Zimmers, blinzten ihn an, pfiffen und schwänzelten, ohne daß er einen Blick auf sie warf. Der Bursch, der es nicht wußte, daß sie Hausrecht hatten, verscheuchte sie. Es pochte einer, der einen Auftrag vom Kunsthändler brachte auf ein Paar Ohrringe in rother Muschel. Er ließ ihn ohne Bescheid abweisen. Nicht anders einen Bildhauer seiner Bekanntschaft, dem das Gerücht des furchtbaren Abenteuers zu Ohren gekommen, und der gutherzig genug war, den Einsamen aufzusuchen.

Indessen war Theodor schon ziemlich früh die steinernen Stufen eines großen Hauses hinaufgestiegen, in dem Mariens Eltern wohnten. Der alte Diener öffnete ihm. Die Herrschaften haben Euch lange erwartet gestern Abend, sagte er. Ich wurde nach Eurer Wohnung geschickt, aber Ihr waret nicht nach Hause gekommen. Miß Mary meinte, wenn Euch nur kein Unglück zugestoßen sei, da Ihr zu Pferde gewesen! Gottlob, Ihr seid ja wohlauf.

Theodor antwortete nicht. Er hörte von innen Musik, eine Beethoven'sche Sonate. Plötzlich brach sie ab, ein Sessel wurde geschoben, ein Kleid rauschte. Als er eintrat, stand er vor Marien, die in der Richtung nach der Thür mitten im Zimmer stehen geblieben schien. Sie suchte nach Worten, ihre Wangen glühten. Da ergriff er hastig ihre Hand mit beiden Händen und sah nun, daß ihre Augen verweint waren. Marie, sagte er, ich höre, daß ich Ihnen mehr abzubitten habe, als ich dachte. Sie hatten Unruhe um mich! –

Sie versuchte zu lächeln. Ich freue mich, daß es unnöthig war, sagte sie. Sie werden verhindert worden sein; es war thöricht, sich gleich das Schlimmste zu denken. Ich will meine Eltern rufen.

Er hielt sie dringend zurück. Sie haben geweint, Marie –

Es ist nichts; ich hatte eine schlechte Nacht, und eben hat mich die Musik in allen Nerven erschüttert.

Er ließ ihre Hände los, sie blieb auf derselben Stelle und stützte sich auf die Lehne des Stuhls. Ein paarmal durchmaß er das Zimmer, dann blieb er ihr gegenüber stehn. Er nahm wieder ihre Hände, er stammelte ein Wort, dann umschlang er sie heftig. Sie ruhte weinend, innig und selig in seinen Armen.

Wir wollen zu den Eltern gehn, sagte Marie, als sie sich aus dem Sturm der ersten Umarmung wieder aufrichtete. Komm!

Sie faßte ihn sanft bei der Hand. Er wäre gern geblieben; es dünkte ihm, als werde sie ihm wieder entrissen, wenn sie unter Andern wären. Doch ließ er sich führen. Sie fanden die Eltern zusammen im Cabinet der Mutter. Als er eintrat, war es ihm, als müsse er seine Geliebte bitten zu verschweigen, was zwischen ihnen vorgegangen war. Er fühlte sich unfähig, darüber Rede zu stehn und Andern als ihr selbst in seiner Trunkenheit zu begegnen. Da hatte sie schon das Wort gesagt. Die Mutter, eine große, feierliche Frau, schloß ihn herzlich in die Arme. Wie sie auch sonst ein wenig förmlich war, konnte sie auch jetzt das freudige neue Schicksal nicht ohne einige würdige Segensworte entgegennehmen, die, so herzlich sie gemeint waren, in Theodors Stimmung fremd hineinklangen. Der Vater sagte nichts; er drückte seinem Eidam immer wieder die Hand und küßte die Stirn seiner Tochter.

Theodor erzählte nun die Ereignisse des letzten Abends. Marie lehnte an seiner Brust und schlang, als er von dem Kampf erzählte, den Arm ängstlich um ihren Geliebten, wie um sich zu versichern, daß Alles vorbei sei und sie ihn ja sicher besitze. Die Mutter gab ihr einen Wink, der dem jungen Manne nicht entging. Da entzog sie ihm den Arm und saß nun neben ihm, ohne ihn zu berühren. Er empfand es peinlich; er fühlte auch, als er nach einigen Stunden gehen mußte und sie an der Schwelle der Thür noch einmal von Herzen küßte, daß sie es Scheu erwiederte und ihm zuerst ihre Lippen entzog. Er ging mit einem wunderlichen Gefühl, einen Druck auf dem Herzen, eine widerwillig gedämpfte Glut in allen Pulsen. Draußen stand er unter der Pforte still. Die Straße war menschenleer; er kühlte sich die Stirn an dem steinernen Pfosten, streckte die Arme aus, als wolle er ein Stück des Himmels herabziehen und an seine Brust pressen, und ging dann etwas ruhiger den Weg zum Tritonen.

Eine leidenschaftliche Röthe schlug in Bianchi's erloschenen Wangen auf, als er Theodors Schritt draußen vernahm. Er richtete sich auf und sah ihm fest und voll entgegen, da er eintrat, größer und männlicher, als er ihm gestern erschienen. Theodor näherte sich dem Kranken und sagte: Ihr seid erholt, Bianchi, und der Arzt ist zufrieden. Haltet Euch ruhig, ich bitt' Euch. Mich laßt ein wenig auf und ab gehn; meine Gedanken sind noch in Tumult, und meine Sinne wollen sich treiben.

Er sagte ihm nicht, von wo er kam, nicht, daß er vor wenigen Stunden sein Schicksal an ein Weib gebunden hatte. Aber es lag eine Glorie um ihn, von der Bianchi die Augen nicht abwenden konnte. Er hatte den Hut abgelegt und den Mantel über die eine Schulter geschlagen. Der Kopf stand frei auf der breiten Brust, die kurzen, krausen Haare ein wenig gesträubt, die Stirn ausgearbeitet und edel. So den Blick nach Innen gewendet, die Arme überm Mantel zusammengelegt, schien er fast die Absicht seines Besuchs zu vergessen, ging auf und nieder, stieß mit dem Fuß an die brennenden Scheiter und sah ins Feuer. Endlich wandte er sich und Sagte: Erzählt mir von Euch, Bianchi!

Was wollt Ihr wissen?

Der Ton dieser Frage, zweifelhaft, fast argwöhnisch, und doch ergeben und willfährig, berührte Theodors feines Ohr. Er schob einen Stuhl neben das Lager, faßte Bianchi's Hand und sagte: Nichts will ich wissen, als wie Ihr Euch fühlt; und wenn Ihr zum Sprechen keine Laune habt, so sagt mir's Eure Hand, die nur einen gelinden Rest von Fieber verräth.

Er fühlte den Druck dieser Hand, die sich ihm darauf verlegen entzog.

Ihr werdet bald so weit sein, daß wir auf Niewiedersehn von einander gehn können. Vorläufig findet Euch noch in meine Zudringlichkeit; denn Ihr müßt wissen, daß ich nicht gesonnen bin, einen Künstler, wie *Ihr* seid, durch einen plumpen Burschen umbringen zu lassen.

Wie *ich* bin! und er lachte schmerzhaft. Wißt Ihr, wie ich bin? Wer weiß es? Ein Tagelöhner bin ich, der in Muscheln schnitzelt mit Weibergeduld für Weiber, daß sich seine gesunden Arme schämen, wenn sie einem Stück Marmor begegnen. Nun, es ist vielleicht gestern dafür gesorgt worden, daß die armen Krüppel sich nichts mehr vorzuwerfen haben.

Ihr redet wunderlich. Als ob nicht auf zwei Zollen Raum genug für den Geist wäre, der sich in zwei Worten offenbaren kann.

Für den Geist vielleicht; aber schwerlich für die Form.

Ihr müßt das erfahren haben, sagte Theodor. Aber seid Ihr gezwungen, zu thun, was Euch widerstrebt?

Der Kranke warf einen ruhigen Blick auf die nackten vier Wände und sagte: An so viel Luxus, als Ihr da seht, bin ich gewöhnt. Ich habe freilich schon einmal gedacht, draußen auf dem Platz ein großes Stück anzufangen, am Brunnen Mittags meine Artischocken zu essen und Nachts zu Füßen meines Werks zu schlafen. Aber man ist weichlich und scheut das Wetter, und feige und scheut das Gerede. Ueberdies kann ich den Wein nicht entbehren, noch die Weiber.

Wenn Euch aber Gelegenheit würde, Euch mit aller Sorglosigkeit an einen Marmor zu machen? –

Der Kranke richtete sich ungestüm auf. Wißt Ihr, was Ihr anrichtet mit Eurer leichtsinnigen Frage? rief er und seine Augen funkelten. Da seht in die Ecke! Dahin hab' ich Alles über einander geworfen, was mir zuweilen mit solchen Fragen kam. Der Staub begräbt diese vorlauten Schreier nach und nach, und meine Augen wissen schon, daß ich's ihnen nicht vergeben kann, wenn sie da herumgehen. Und ich war Narr genug und ließ mich wieder gelüsten, da es hieß, man solle Entwürfe einliefern zum Monument des verstorbenen Papstes. Ein paar Wochen seh ich und sinn' ich nichts anders und bring' es zu Stande mit allem Feuer und war selbst zufrieden mit meiner Sache. Ich Narr, mir was einzubilden! Das war gestern. Ich schlag' es in ein Tuch und trag' es selbst den weiten Weg zum Cardinal Staatssecretair; denn meine Seele hing dran und ich sorgte, ein Andrer möcht's zu Falle kommen lassen. Nun muß ich erst dem Schlingel von Bedienten gute Worte geben und meinen letzten Scudo, daß er mich nur vorläßt. Drinnen war es dann schwarz und roth und violett von geistlichen Strümpfen, und besehn mich von oben bis unten, weil ich so im einfachen Rock aus der Werkstatt weggerannt war. Ich denke: Laß sie gaffen! mache mir einen Muth und trete mit meinem Compliment und Werk vor die Eminenz. Ich sehe gleich, daß er ungnädig ist und seine Nächsten schon die Mißlaune gekostet haben. Nun erklär' ich kurz, um was ich gekommen, und bitte, meine Skizze zeigen zu dürfen. Der Alte nickt, wie's seine Art ist, wirft einen halben Blick auf die Figuren, die mir unter den Schranzen doppelt anständig schienen, und sagt: Nicht übel: aber geht nicht, geht nicht! fehlt die Noblesse, mein Sohn, und der Hinblick auf die heilige Kirche! Tragt es heim und schmelzt es um. Der Thon ist ja noch naß! – Ich stand wie in einem Tollhaus. Umschmelzen, als ob meine festen Gedanken Brei wären! – Indem ich so keines Wortes mächtig bin, treten die Monsignori heran, setzen die gelehrte Brille auf und tadeln hinten und vorn, daß keines Nagels Breite ohne Schimpf besteht, wie wenn der alte Wolf ein Schaf halb todt gebissen hat und läßt es danach seinen Jungen, daß sie ihre Milchzähne dran durchbeißen. Hätt' ich reden können und sagen, was mir Alles während des Arbeitens durch den Kopf gegangen, vielleicht daß der Alte andere Augen gemacht hätte, denn es soll ein guter Verstand in ihm sein. Nur war er gerade um die Stunde grämlich aufgelegt und ließ Alles über mich ergehen. Es ward mir endlich des Schwatzens zu viel, dieses Geschwirrs von bunten Kinderbolzen, von denen keiner die Sache traf und jeder den Mann; denn es prickelte mich wie lauter Nadeln. Ein Andrer hätte sich sacht geschüttelt und vielleicht das Feld behauptet. Ich aber – woher soll ich's haben? Mein Vater machte nicht viel Redens über seine Cameen, und wie er todt war, war's in Rom nicht lauter und nicht stiller. Und ich bin immer den Gelehrten aus dem Wege gegangen. So macht' ich mich auch diesmal von ihnen fort und verschwor's, je wieder mit ihnen anzubinden. Wie ich nach der Ripetta hinunterkam, grimmte mich's und ich warf meine Skizze in den Tiber. Der mag sie umschmelzen, sagt' ich, und war erleichtert in mir, daß mich's trieb, spazieren zu gehen in die Campagne. Da habt Ihr mich gefunden.

Ihr sollt den Gelehrten nicht entgehen, sagte Theodor nach einer Pause scherzend, um den Andern, der in ein Brüten versank, wieder auf die Gegenwart zurückzulenken. Ihr hattet ein sichres Gefühl, als

Ihr Euch gegen meine Nähe sträubtet. Denn ich bin hier in Rom, um in Pergamenten zu kramen und verschollene Dinge auszugraben, denen Wenige nachfragen, Geschichten der alten Städte Italiens, Staatsverhandlungen und Rechtsurkunden. Und so sind wir doppelt geschiedene Leute.

Ihr mögt sein und thun was Ihr wollt, sagte Bianchi lebhaft und halb für sich. Ihr seid gut und schön und ein Deutscher.

Ihr kennt die deutsche Gelehrsamkeit nicht. Sie ist weit entsetzlicher, als die römische. Mir selber graut gelegentlich davor. Schwache Seelen kann sie so furchtbar anblicken, daß sie davon versteinern, wie jene armen Schelme, die der Meduse ins Gesicht sahen.

Der Meduse?

Ihr müßt sie ja besser kennen, als ich. Habt Ihr sie nicht auch dort in den Winkel geworfen, und vielfach angefangen und halb vollendet in Muschel geschnitten auf dem Tische liegen?

Ich weiß nicht viel davon. Schon als Knabe gab mir mein Vater eine Paste, danach ich arbeitete. Ich liebte den Kopf, weil ich wenig Freude hatte und mich der finstre Tod in dem schönen Weibe lockte. Hernach sah ich das Rundbild in Villa Ludovisi und hatte nicht Ruhe, bis ich's zu Haus, so gut ich's behalten, nachgeformt hatte. Es ist menschlicher und heftiger dort, als bei den Griechen, wo's zur Larve geworden ist. Ich habe nie danach gefragt, was sie davon fabeln, und lesen widersteht mir.

Wenn es Euch recht ist, les' ich Euch die Geschichte vor, wie sie ein alter Poet erzählt hat.

Thut's, und bald, und – wann kommt Ihr wieder? fragte er, als Theodor aufstand.

Heute Nacht, sagte der junge Mann. Aber nicht um vorzulesen. Denn Ihr seid noch nicht aus der Cur. Ich will nichts hören; ich weiß, was Ihr sagen wollt. Aber ein Kranker hat keinen Willen. – –

Als er auf die Nacht wiederkam, fand er Wein auf dem Tisch und einen bequemen gepolsterten Sessel am Kamin. Bianchi schlief, und der Bursch flüsterte Theodor zu, daß er den Wein aus der Osterie holen und den Sessel von einer Nachbarin habe entlehnen müssen.

Erst als Beides angeschafft, habe sich der Herr beruhigt und sei eingeschlafen.

*

Am folgenden Abend las Theodor aus einem italienischen Ovid, wie er versprochen hatte. Er sah zuweilen übers Buch weg nach Bianchi, dessen Augen still an der Decke hingen. Kein Wort gab er von sich. Die ruhige Stimme Theodors schien ihn zu bezaubern, die Märchen, die er hörte, ihn im Innersten aufzuregen. So las der Andere immer fort. Als er dann aufstand, seufzte Bianchi und rief: Ihr geht? Ihr wißt nicht, wie ich genossen habe. Diese Geschichten waren mir wie verstümmelte alte Steinfiguren, die Glieder verzettelt, der Kopf weit vom Rumpfe und alle Umrisse verwittert oder zerstört. Während Ihr laset, fügte sich's von selber zusammen und steht nun ganz vor mir. Hätt' ich meine heilen Glieder! Es zuckt mir in den Fingern, ein Stück Thon zu kneten. Aber das soll nicht sein, und Ihr geht – Ihr lächelt? Ich rathe, wohin Ihr geht. Genießt denn Eure Jugend. Aber ich bedenke nun erst, um was für Nächte ich Euch gebracht habe!

Sie waren einsamer als hier, und wohin ich gehe, rathet Ihr nur halb, Bianchi. Ich mache zwei alten Leuten den Hof, und nur dann und wann streift die weiche Hand ihrer schönen Tochter heimlich meinen Arm. All mein Genuß ist Schauen und Hoffen.

Und Ihr könnt das so gelassen eingestehn und knirscht nicht vor Ungeduld und Verlangen? Ich hatt' einmal so eine fruchtlose Verliebtheit. Wie ein Wurm wand ich mich am Boden und verfluchte meine Augen, die mir den Possen gespielt hatten.

Ich segne sie, und wenn ich ähnliche Tollheiten in meinem Blute spüre, lüfte ich meine dumpfen Sinne im Freien, das Forum auf und ab, oder zu den Capuzinern hinauf, wo nun Schnee um den Stamm der Palme liegt. Sie muß den Winter auch überstehen, so gern ihr sommerlich zu Muthe wäre.

Könnt Ihr's läugnen, daß es Euch dennoch mehr plagt und verzehrt, als der ganze Bettel werth ist? Es macht uns müßig und weibisch, und das ist das Schlimmste. Wenn wir nicht die Narren wären, uns gerade ins Unmögliche zu vergaffen – Alles wäre gut, Eine so gut wie die Andere, wenn sie hübsch wäre und zu haben.

Ich denke nicht. Ich brauch' eine Andere, als jeder Andere, wenn ich ihr nicht um jeder Andern willen davonlaufen soll.

Wer spricht auch *davon*?

Ich denke wir Beide.

Ich nicht, erwiederte Bianchi. Ich konnte mir nicht einfallen lassen, daß Ihr Euch so schlecht auf Euren Vortheil versteht, mit diesem Gesicht und diesen Jahren.

Darauf schwieg er verstimmt. Lassen wir das sein, wie es sein will, sagte Theodor heiter, und Jeder sorge für sich und freue sich, wenn der Andere auf seine Weise sich ein gutes Leben schafft.

Sie sprachen in Zukunft nicht wieder über diesen Punkt; Bianchi schien ihn durchaus vergessen zu haben, Theodor rührte ihn nicht an. Die alte Herbigkeit und Wildheit des Kranken kam ihm wieder, je mehr die Wunden heilten, und jene einzelnen Spuren von Weichheit, die er seinem Freunde gezeigt, vergingen für immer. Er vermied es, ihm die Hand zu reichen, er sprach nie von sich selbst und seinen Stimmungen, fragte nie nach Theodors Thun und Treiben und seinem früheren Leben und nannte ihn kaum einmal bei Namen. Doch wehrte er nichts von Theodors Seite ab, nicht sein häufiges Kommen, nicht die kleinen Erfrischungen, die er ihm brachte. Nur einmal, als er in einem Körbchen Früchte sah unter den ersten Veilchen, mit jener Aufmerksamkeit geordnet, wie sie nur eine Frauenhand solchen Dingen zuwendet, stellte er das Geschenk kalt und ohne ein Wort zu sagen auf den Sims des Kamins neben jene unsaubern Figürchen. Theodor schwieg; aber als er ging, nahm er den Korb zu sich, wie er ihn gebracht hatte.

Uebrigens fuhr er fort, ihm vorzulesen, Dichter der Alten, Stücke aus Dante und Tasso, endlich auch aus Macchiavelli. Es fiel ihm auf, als sie auf politische Dinge zu reden kamen, daß Bianchi sich mit Heftigkeit zu tyrannischen Grundsätzen bekannte, wie Alle thun, die an sich wenig Freude haben und die Menschen verachten. Sie stritten dann leidenschaftlich und unfruchtbar. Um so näher begegneten sich ihre Meinungen und Gefühle, sobald es sich um künstlerische Dinge handelte. Bianchi konnte nun schon wieder am Stock sich bis zum Tische schleppen und seine Arbeiten wieder aufnehmen. Während er dort saß und seine Köpfe schnitt oder eigene kleine Compositionen in Wachs bildete, um sie nachher zu schneiden, las ihm Theodor aus dem Homer. Die Götter, deren Bilder, im weiten Rom verstreut, ihm so lange nur schöne Leiber gewesen, von verworrenen Begriffen dürftig belebt, wachten nun klar in ihm auf. Es war, als fasse er jetzt erst die Welt, in der er im Traum herumgegangen, offen ins Auge. Und nun wuchs die Begier, wieder hinauszugehen und das Alles leibhaftig aufzusuchen, was er sich in der Phantasie neu und zum ersten Mal angeeignet hatte. –

Die Mandeln blühten rötlich in den Gärten am Monte Pincio, als er zuerst wieder an der Brüstung stand und über das weite Rom zu den Höhen hinübersah. Unten lag die Stadt laut und sonnig, der Strom blinkte herauf, von der Engelsburg flatterten die großen Wimpel der Standarten im Winde, der weich vom Meer herüberkam, und über der Runde spannte sich das zarte, feine Blau des römischen Märzhimmels. Bianchi stützte sich auf den Stock und sah finster unter den Augenbrauen hervor, wie er that, wenn er sich gegen sein eignes Herz wehrte. Auch Theodor stand in tiefen Gedanken. Endlich wandte er den Blick von der Ferne ab, sah Bianchi ernsthaft an und sagte: Ihr seid wieder genesen: noch wenige Tage, so werdet Ihr da unten in der Ripetta in Euer neues Studio ziehen, und ich denke, wir bleiben wohl noch ein Stück Zeit zusammen, wenn ich auch meine Arbeiten nachdrücklicher weiter führen und die Freude, mit Euch zu sein, beschränken muß. Es fügt sich nun, daß mir ein Vorwand kommt, Euch öfter aufzusuchen, als sonst vielleicht erlaubt wäre; wenn Ihr anders darauf eingehen wollt, das neue Studio mit einem Werk einzuweihen, an dem mir selbst viel gelegen ist. Die Sache ist diese. Eine Familie, der ich befreundet bin, hat sich hier niedergelassen, vielleicht auf immer. Der Mann, ein Deutscher, lebte früher in England, heirathete eine Engländerin und sie brachte ihm zwei Kinder, einen Sohn und eine Tochter. Der Sohn, der an der Schwindsucht litt, sollte hier das Letzte zu seiner Rettung versuchen, und so siedelte die Familie über. Ich habe den jungen Menschen geliebt, wie Alle, die ihn kannten, und kann es noch nicht verwinden, daß ich so viel Reiz und Adel drüben bei der Cestius-Pyramide in die Erde versenken sah. Das war im vorigen Winter. Nun wollten die Eltern ihm einen Stein am Hügel aufrichten mit einem Bildwerk, das sein Wesen bezeichnet und sein Andenken ehrt. Ich wüßte Keinen, dem ich dies Werk lieber anvertraute, als Euch.

Ihr könnt auf mich rechnen, Teodoro, sagte der Bildhauer. Ich will sehn, was ich kann.

Wollt Ihr nicht die Eltern kennen lernen und ihnen abhören, in welchem Sinne sie das Denkmal ausgeführt wünschen?

Der Andere schwieg eine Weile. Nein, sagte er dann ruhig, ich mag keine Bekanntschaften und keine Thränen. Ihr habt ihn lieb gehabt, das ist genug; ich mach' es für Euch. – Ihr dürft mir das nicht verdenken, fuhr er nach einer Pause fort: ich tauge da nicht hin. Wer mich haben will, muß mich überfallen wie den Bären in der Grube; wo ich nicht entrinnen kann, setz' ich mich fast manierlich auf die Hinterfüße und brumme mein Wort mit drein. Aber auch das verhütet noch. Laßt mich machen. Ich will nichts sagen und zeigen, bis der Entwurf so weit gediehen ist, daß auch Laien einen Eindruck haben. Hernach mögen sie kommen.

Sie sprachen von andern Dingen; Bianchi wurde immer heller und fast übermüthig, während auf Theodors Gesicht ein Schatten lag. So blieben sie den Tag zusammen, und es war Beiden wie Abschied zu Muth; denn zum ersten Mal umgab sie der offene gemeinsame Tag, Lärm der Wagen und Gewühl lachender Spaziergänger. Bianchi nahm Theodors Arm nicht an. Langsam ging er neben ihm, Frauen und Mädchen musternd, deren Viele ihn zu kennen schienen, und hie und da einem Bekannten zunickend, ohne zum Anreden einzuladen. War er vorüber, so blieben die Leute stehn, flüsterten, zeigten nach ihm, und sahen ihm mit einer Miene, in der sich Mitleid, Respect und eine Art von Grauen mischten, eine Strecke weit nach. Er selbst schien das nicht zu gewahren; er sah nur voraus, oft über die Menschen fort nach den Villen vorm Thor und der Campagne dahinter, und seine Augen blitzten. Woran denkt Ihr? fragte Theodor. – Ich denke, wie meine Mäuse das Schicksal überstehen werden, daß ihnen der Palazzo überm Kopf abgetragen wird und über kurz der Himmel in ihre Heimlichkeiten und Schlupflöcher eindringt. Ich weiß, sie haben Familie bekommen. Arme Tröpfe! das lebt so lange unter Einem Dach mit einem, ohne einem was abzulernen. Wie mir zu Muth ist, daß ich arm und frei und allein bin und meinen Umzug auf einem Karren zu Stande

bringen kann! – Er streckte seine Arme aus und wiegte sie so in der
Höhe, als biete er sie jeder Last, die ihrer warte. Er sah jünger und
frischer aus als je.

Am Abend bat er Theodor, ihn in eine Schenke zu begleiten, in
der er vor seiner Verwundung manche Nacht zugebracht habe. Ihr
sollt erfahren, was gute römische Gesellschaft ist und ein Rest bes-
serer Geschlechter, sagte er. Sie sind ein wenig mißtrauisch gegen
fremde Elemente, die so hineinschneien, ohne zu wissen, was sie
wollen, oder gar es nur zu gut wissen. Das soll ja in vornehmen
Häusern nicht viel besser sein. Laßt sie treiben, was sie wollen, und
trinkt Euren Wein, ohne viel Wesens zu machen. Mir geht Manches
hin, auch wenn ich einen Deutschen mitbringe, denn sie halten was
auf mich.

Er führte ihn einige Gassen weit vom Tritonen nach der prächti-
gen Wasserkunst des Bernini, der Fontana di Trevi, hinunter. Gegenüber der hohen Grotten- und Nischenfasade, in deren Mitte der
Wassergott über den künstlichen Felsen steht und die Bäche be-
herrscht, die von allen Seiten in die tiefe Schale vorbrechen, stand
ein niedriges altes Haus, über der Thür eine trübe Laterne. Sie traten in den geräumigen Flur ein, der die ganze Breite des Hauses
einnahm und zum Schenkzimmer hergerichtet war. Hinten schlug
das Herdfeuer vor der geschwärzten Wand auf, und zur Rechten
führte eine Treppe nach dem obern Geschoß. An Geräth war nichts
zu sehen als Bänke und Tische, deren sich eine bunte, schweigsame
Gesellschaft bemächtigt hatte. Ein Bursch trug die Schüsseln mit
gerösteten Fischen, Salat und Maccaroni auf und verschwand von
Zeit zu Zeit durch eine Falltür, aus der er mit frisch gefüllten Fla-
schen wieder auftauchte.

Ein freudiger Ausruf schallte aus der Tiefe der Halle herüber, als
die Beiden eintraten. Eccolo! rief eine stattliche Frau und drängte
sich durch bis zur Thür, die Hände an der Schürze trocknend, eccolo! Tausendmal willkommen, Sor Carlo! und sie reichte ihm herzlich
die Hand. Ein Mezzo vom Frascati, Checo, vom neuen, der gestern
angekommen. Sieh, sieh, Sor Carlo! Von wem glaubt Ihr, daß ich
eben mit meinem Domenico gesprochen habe, eben in diesem Augenblick, und sagte ihm: Domenicuccio, sagt' ich, du bist ein Bären-
häuter und Taugenichts, daß du nicht einmal nachfragst, wie es

unserm Sor Carlo geht. Denn ich, wie du weißt, habe alle Hände voll, und Kinder, Gäste und dich selber zu bedienen, du Tölpel. Aber es dünkt mich tausend Jahr, bis ich ihn wiedersehe – der brave Junge, der er ist. – Lalla mia, sagt' er, morgen will ich hinauf, und, sagt' er, wenn du willst, Lalla, eine Kleinigkeit von dem neuen Wein würd' er nicht verschmähen, so ein Bariletto, sagt' er. – Ich aber: Nun, sag' ich, Cuccio, das ist noch der gescheiteste Einfall, den du die zehn Jahre, daß wir verheiratet sind, gehabt hast, und eben tritt der Girolamo, der Carretiere, dazu, und sagt, daß er Euch heut auf dem Pincio gesehn, und ich sage noch: Gelobt sei Gott! so dauert's nicht lang und wir sehn ihn auch! – da macht Ihr die Thür auf und steht vor mir, und wahrhaftig, es hat Euch gut gethan, Ihr seid schöner geworden, Sor Carlo; ich wollt's dem Girolamo nicht glauben, aber die Madonna hat ein Wunder gethan, ich habe nicht umsonst meine Rosenkränze für Euch gebetet.

Also Euch hab' ich's zu danken, Sora Lalla, daß mich die Tollwuth verschont hat und Alles nur auf ein bischen Lahmheit hinausgelaufen ist. Ihr habt die bravste Frau in Rom, Domenico eine Heilige, einen wahren Schatz von Gnaden-Gaben! Ja, da bin ich wieder! und er schüttelte dem Wirth, einem etwas schwerfälligen, zuthulichen Burschen kräftig die Hand. Und hier der Herr, daß Ihr's wißt, ist mein Freund, der mich den Bestien aus dem Rachen geholt hat. Aber hola! da drüben sitzt mein edler Gigi und ißt und trinkt und kann seine Kehle nicht einmal zu einem »guten Abend« abmüßigen. Schämt Euch, Gigi; alte Freunde, und eine so kalte Manier sich wiederzusehn, wenn einer wie San Lazzaro auferstanden ist von den Todten!

Er hat mehr als Alle nach Euch gefragt, Sor Carlo, flüsterte die Wirthin, und könnt' eine Woche lang nicht ein Glas 'runterbringen, wenn auf Euch die Rede kam. Er scheute sich nur, Euch zu besuchen.

Der, von dem die gute Frau sprach, saß an einem der mittleren Tische, fest gegen die Wand gelehnt, und schob große Bissen in den Mund. Er war wohlbeleibt, der kahle Kopf mit einem Käppchen bedeckt, sein schwarzer Rock bis an den Hals zugeknöpft, sein Benehmen von einer gewissen Feierlichkeit, die ihn unter den Andern auszeichnete, ohne daß er sich überhob.

Bianchi trat zu ihm und grüßte über den Tisch mit Händewinken. Theurer Sor Gigi, sagte er, laßt Euch nicht stören! wir kennen einander. – Er sah nun erst, daß die Augen des würdigen Mannes feucht schimmerten und daß er nur im Essen fortfuhr, um seine verlegene Freude nicht offenbar zu machen. Er ist ein Sänger, raunte Bianchi seinem Begleiter zu, der sich zu den Kirchen hält und bei Festen mitsingt. Sie haben ihn scheeren wollen, weil er Bildung hat und was vorstellt; aber er hat ihnen die Feige geboten. Das sind Alles freie Leute, so viel hier sitzen. Kommt, mein Freund Gigi macht uns Platz neben sich.

Indessen kam der Bursch, fegte mit einem nicht sehr saubern Tuche die Tischplatte und stellte die große offene Flasche vor die Beiden. Theodor nahm Platz, während Bianchi noch hie und da Hände zu drücken und neugierigen Fragen zu antworten hatte. Eine qualmende Messinglampe leuchtete mit ihren drei rothen Flämmchen über den Tisch. Der junge Mann brauchte einige Zeit, sich an den Dunst und Tabaksdampf, durch den der Geruch des siedenden Oels hinzog, zu gewöhnen. Bald aber vergaß er Alles über dem Anblick eines auffallenden Paars, das ihm gegenüber am Tisch saß. Es war ein junges Mädchen in der Tracht derer von Albano; die rothe Jacke umschloß knapp den eben erst gereiften Busen, darüber war das Spitzentuch gefaltet und große silberne Nadeln hielten über den Flechten das flache weiße Tuch fest, das die Form des Kopfes nicht verbarg. Das Gesicht stand im ersten Flor der Jugend, Schönheit und Gesundheit, den drei Grazien, die in jenen Gegenden gern zusammenhalten; nur war der Ausdruck des Mundes von einer scheuen Weichheit und Hingebung, fast willenlos und schmerzlich, und die großen Augenlider bedeckten die Augen ganz, daß nur ein schmaler funkelnder, schwarzer Streif verrieth, daß sie wachten.

Sie aß von dem Teller vor ihr, langsam und theilnahmlos, und trank ein wenig vom Wein, und ihre braune Wange glühte immer in gleichem Feuer fort. Neben ihr saß eine Alte in römischer Tracht, lebhaft um sich blickend, aber schweigsam und ganz mit ihrem Wein und Essen beschäftigt, das sie gierig genoß. Sie hatten nicht das Geringste mit einander gemein und schienen doch zu einander zu gehören.

Als Bianchi endlich dazu kam, sich auf seinen Platz zu setzen, und eben das erste Glas geleert hatte, fuhr er mit einem fast komischen Erstaunen zurück und rief: Madonna santa! welch' eine Schönheit! Wie kommt Ihr zu solch einer Nachbarin, Sor Gigi! Eine Nichte von Euch? Oder gar ein vergessenes Kind, das Euch eines schönen Tags vor die Augen gekommen? Gesegnet sei ihre Mutter!

Chè, chè! sagte der Sänger ernsthaft. Ich wollte, Ihr hättet Recht. Fragt sie selbst, woher sie kommt. Mir hat das Zuckermündchen nicht Rede stehn wollen.

Bianchi warf einen scharfen Blick auf die Alte und brummte vor sich hin: So! so! Ich denke, wir kennen uns. Die Alte ward es inne und sagte, indem sie den Rest ihrer Flasche in ihr Glas goß: Ein blödes Ding, meine Herren, ein armes, blödes Waisenkind, war bei schlechten Leuten drüben im Gebirg, als ich sie dort fand, und mich dauerte der jungen Creatur. Wie leicht wird eins verdorben, wenn es in unrechte Hände kommt! Ich nahm es denn mit nach Rom, um Jesu Barmherzigkeit willen, und halt' es hier, so gut's eine arme Alte kann, in allen Ehren und Tugenden, das arme Ding! Schlag die Augen auf, Caterina, wenn die Herren mit dir reden wollen.

Das Mädchen gehorchte und ließ ihre großen, stillen Augen einen Moment auf Bianchi ruhen, um sie sogleich wieder zu senken. Der Künstler hob sich halb empor auf seinem Sitz und bog sich zu ihr hinüber.

Du heißest Caterina? sagte er.

Ja, Herr! erwiederte sie mit einer tiefen, aber weichen Stimme.

Wie alt bist du?

Achtzehn Jahr.

Du wirst einen Liebsten in Albano zurückgelassen haben, oder mehr als Einen.

Sie schüttelte den Kopf. Was Ihr redet! fiel die Alte heftig ein, eine Jungfer ist's, sag' ich Euch, und sie nickte bekräftigend, ja, ja, ein Ding so unschuldig wie Christi Blut. Hätt' ich mich sonst ihrer angenommen?

Nun, nun! wenn ich's glaube, glaub' ich's ihrem Gesicht und nicht Eurem, Mutter. Kann sie tanzen? Der Herr hier ist ein Fremder, und ich gönnt' es ihm, daß er einen braven Saltarello kennen lernte.

Theodor sagte einige Worte, daß ihm ein Gefallen geschehen würde. Die Alte winkte der Wirthin; Caterina stand stillschweigend auf. Bald waren die nächsten Tische zurückgeschoben, daß ein geringer Raum frei wurde, und Lalla brachte das Tamburin. Während die Alte sich in einem Winkel damit zurechtsetzte, die übrigen Gäste der Schenke einer nach dem andern herankamen und der Bursch, der die Gäste bedient hatte, sich zum Tanz anschickte, flüsterte Bianchi dem Freund ins Ohr: Seht diese Gestalt und die Feinheit der Hände und Füße, und wie sie steht! ein vollkommnes Gewächs, wie ich keines sah, tadellos bis zu den allerliebsten Ohren, und weiß noch nicht viel von sich. Daß ich's dem Checo lassen muß, mit ihr zu tanzen! ich verstand es sonst wohl leidlich. Aber nun beschwör' ich Euch, thut Alles auf, was Auge an Euch ist. Ein Wunder will sich begeben.

Theodor bedurfte der Erinnerung nicht. Er lehnte gegen einen Tisch und verwandte keinen Blick von Caterina. Bei den ersten heftigen Tönen des Tamburin begann das Mädchen den Tanz. Lalla stand neben der Alten und klapperte und schnalzte mit den Castagnetten; Sor Luigi, der Sänger, saß unbeweglich hinter seinem Tisch und begann schon nach den ersten Tacten eine Melodie zu summen. Bald sang er das Lied und die Worte voll heraus. Die Worte, die Theodor nicht verstand, die fieberhafte Unruhe der eintönigen Instrumente und mehr als Alles der hohe Zauber der Tänzerin verwirrten ihm allmählig die Gedanken, daß er drein sah, wie in eine fremde Welt. Das Bekannte, Eigne, Theuerste trat in eine nichtige Dämmerung zurück, die es aller Farbe entkleidete. Menschen, Gedanken, Wünsche und Hoffnungen wälzten sich in diesem Halbtraum nach dem Tact des dumpfen Tamburin durch seine Seele wie zu einer großen Musterung; er verwarf sie alle; es war ihm, als hörte er in sich rufen: Ihr seid wertlos und scheintodt. *Hier* ist Leben und Seligkeit!

Mit dem Ende des Tanzes erwachte er und sah verstört um sich. Er griff nach seinem Hut. Ihr wollt fort? schon? heute? fragte Bianchi betroffen. Ich sehe, es gefällt Euch nicht unter diesen meinen Freunden.

Ihr verkennt mich ganz und gar, erwiederte Theodor und sah düster vor sich hin. Wie gern bliebe ich, wie gern! Aber ich habe ein Versprechen gegeben, ich muß in eine Gesellschaft; wir sehen uns morgen, Bianchi!

Oh, murmelte Bianchi, schade, schade! Nun, Ihr werdet Euch unterhalten, Euch und die Andern. Schade, schade!

Er lächelte scharf und bitter, als Theodor den Rücken gewendet: doch schien es ihm nicht geradezu unlieb, daß er ging.

Draußen stand der junge Mann den Cascaden gegenüber und sog den Hauch des Wassers und das lebendige Rauschen seines Sturzes in die verwirrten Sinne ein. Der Mond beschien dem Wassergott das Haupt und einen Theil der Brust. Unten blitzten nur Tropfen aus der Dunkelheit auf. Er stieg hinunter und trank, als wollte er den Rausch des Gemüts von sich thun, und saß dann eine Weile am Rande des Beckens. Die Sage fiel ihm ein, wer aus dieser Quelle getrunken, sei dem Heimweh nach Rom verfallen; da verlor er sich in peinliches Sinnen. Erst als drüben aus der Osterie das Tamburin von neuem klang, stieg er fast erschrocken aus der Tiefe auf. Mühsam zwang er sich, der Thür wieder vorüberzugehn und eine der Seitenstraßen einzuschlagen. Als er von fern zuletzt noch einmal den gedämpften Ton hörte, stand er einen Augenblick und kämpfte wieder. Dann ging er entschlossen tiefer in die Stadt hinunter nach Mariens Hause.

*

Die Unterhaltung stockte, als er eintrat; seine Braut stand auf, ging ihm entgegen und gab ihm herzlich die Hand. Er ließ einen kurzen, dringenden Blick auf dem edlen Gesicht ruhen, das unbefangen zu ihm aufsah, und näherte sich dann der Mutter, die ihm freundlich einen Gruß entgegenrief, und sich vorneigte in dem seidnen Sessel, ihm ebenfalls die Hand zu schütteln. Sie war, wie auch die Tochter, noch immer schwarz gekleidet, nur daß sie ihr Haar unter einer grauen Florhaube trug, während ein schmales schwarzes Band über der Stirn die braunen Locken des Mädchens zusammenhielt. Auch der Vater empfing ihn freundlich und stellte ihn einigen Herren vor, die um den lichterhellen Tisch saßen. Es waren zwei englische Herren, Brüder, alte Freunde des Hauses, die vor kurzem aus England gekommen waren. Den Fremden zu Liebe sprach man englisch.

Ihr seid spät gekommen, lieber Theodor, sagte die Mutter. Ihr habt uns gefehlt, als wir unsern würdigen Freunden von den letzten Stunden unseres Edward erzählten. Meine armen Augen thaten damals nur schwach ihren Dienst, und der Vater und Mary waren krank, wie Ihr wißt. Wir verloren Alle mehr als Ihr, denn Ihr kanntet ihn kaum. So hattet Ihr am meisten Fassung, und könnt ergänzen, was uns wie ein schrecklich zerrissener Traum, noch jetzt fast unglaublich, in der Erinnerung steht.

Theodor war unfähig zu sprechen; die Stille im Zimmer, die Stimmung der Erschütterung, in die er eintrat, fremde Gesichter und fremde Sprache beklemmten ihn aufs höchste. Und hier in diesem Augenblick, nachdem er kurz zuvor einem wonnevollen Leben ins Gesicht geschaut, sollte er Unbekannten vom Todbette des armen Edward erzählen. Ein Schauer überlief ihn und senkte ihn in jenen Zustand hellseherischer Dumpfheit zurück, der ihn vorher in der Schenke überkommen. Sein Herz hob sich wieder aus den festen Schranken, in denen es sich selbst begnügt und gebunden hatte, und fühlte sich über und außer ihnen. Es war nur ein frevelhafter Traum ohne Antheil des wachen Willens. Aber das Bild desselben trat auch im Wachen zwischen ihn und Alles, was er bisher am Herzen gehalten hatte, und das Band, das ihn daran knüpfte, schien ihm morsch, seit der Traum es zerrissen hatte.

Sie Gesellschaft gab es seiner Trauer Schuld, daß ihm jede Antwort versagte. Er hatte sich neben Marien gesetzt und sah lange auf ihre feine, blasse Stirn. Das stille Weiß beunruhigte ihn. Die blauen Augen, die ihm klar und glücklich und ernsthaft entgegenschienen, hatten heut keine Gewalt über ihn. Er empfand es deutlich als seine eigene Unfähigkeit, daß er sich heut dieser adligen Gestalt nicht freuen konnte wie sonst, von diesen reizenden Lippen nicht begierig jedes Wort verschlang und jedes Lächeln sich bis ins Herz dringen fühlte. Er kämpfte eine Weile gegen diese Kühlheit an, die ihm sehr weh that. Es war umsonst.

Sie ward es inne, daß er etwas zu bekämpfen hatte. Aber die Gegenwart der Andern wehrte ihr, mit vertraulicher Inbrunst der Leidenschaft das Herz festzuhalten, das sich ihr entzog.

Der eine der Fremden fragte nach dem Denkmal, das dem Verstorbenen bestimmt sei. Theodor ermannte sich und erzählte, daß er eben heut auf den Wunsch der Eltern die Arbeit einem Freunde übertragen habe, von dessen Wesen und Schicksalen er kurz die Umrisse hinwarf. Mariens Eltern wußten mehr von ihm. Den Fremden aber schien das flüchtige gezeichnete Bild nicht anzusprechen.

Es wäre zu wünschen, sagte er, daß dieser Mann einen Hauch von Edwards inniger Natur in sich selber spürte, daß er die zarte Gestalt unseres Theuern und sein kurzes gesegnetes Leben in sich aufnehmen könnte, wie etwas Geliebtes. Er scheint, wie Ihr ihn schildert, ein heftiger, starrer Mensch, dem nichts verschlossener sein muß, als diese Art unsers Edward, nur für die Seinen zu leben, den letzten Athemzug zu einem Glückwunsch für seine Geliebten zu machen.

Er ist rauh und energisch, erwiederte Theodor, aber das Schöne rührt ihn und das Edelste nimmt er mit Scheu und Ehrfurcht auf. Ich sah es, als ich ihm aus Homer vorlas, wie ihn die idyllischen, ich möchte sagen die weiblichen Stellen des Gedichts ergriffen.

Vielleicht, weil sie seiner künstlerischen Stimmung fruchtbarer begegneten, als die wüste Einförmigkeit von Kampf und Gefahr. Und dann ist es doch ein Anderes, ein Gemüth haben, für gewisse gemeinsame, natürliche, heidnische Rührungen empfänglich, und eines, das den Segnungen unserer Religion geöffnet ist. Edward war Christ; Euer Freund ist höchstens ein äußerlicher Katholik.

Ich läugne nicht, nahm die Mutter das Wort, ich habe mir auch schon darüber Gedanken gemacht. Ehe man diesem Unbekannten ein Werk überträgt, das uns Allen am Herzen liegt, würde es wenigstens wünschenswerth sein, eine Skizze zu sehen, über die man reden und entscheiden könnte.

Ich kenne ihn, theure Mutter, sagte Theodor mit Nachdruck. Wäre es seine Art, den ersten Gedanken auf ein Blättchen zu werfen, so wäre es natürlich, über den Entwurf mit ihm zu verhandeln. Er liebt es aber, gleich in Thon und in einiger Größe zu entwerfen, und hat sich besonders ausgebeten, diesmal eine Zeitlang arbeiten zu dürfen, ohne sich mitzutheilen. Daß es auf Eure Entscheidung ankommt, weiß er.

Darauf ward eine Stille, in der die etwas lebhaft gesprochenen Worte des jungen Mannes empfindlich nachtönten. Marie trat zum Flügel und begann die Verstimmung mit Musik zu besprechen. Nur bei Theodor gelang es nicht. Das einfache Lied vermochte nichts über ihn, in dessen Ohr der hastig rasende Ton des Tamburin spukhaft wieder erwachte und das wunderliche Lied des Sängers die gegenwärtige Stimme überbrauste. Er sah Bianchi's sichern Blick auf sich gerichtet und hörte wieder die Worte: Ein Wunder will sich begeben. Um ihn her war ihm Alles fremd, nüchtern und wunderlos.

Nachdem sie gesungen, setzte sich Marie wieder zu ihm; sie sprach deutsch mit ihm, sie fragte nach seinem Tage, nach seinen Arbeiten, nach Bianchi. Er sprach zerstreut, und so auch halb in Zerstreuung, als spräche er mit sich selbst, erzählte er von der Osterie und dem Tanze des Mädchens. Als er dann zufällig aufsah, bemerkte er eine dunkle Spannung über den feinen Brauen. Das Gespräch zwischen ihnen stockte. Der Vater fragte nach englischen Familien, über die die Gäste bereitwillig Rede standen. Sie waren Theodor fremd, und so war er von neuem seinen wühlenden Gedanken überantwortet. Er ging endlich. Die Fremden hatten eine Wohnung bei Mariens Eltern angenommen. So kam es ihm vor, als ob er auf einmal unselig aus diesem Kreise, der ihm sonst gehörte, verdrängt worden sei, zwiefach, durch sich und Andere.

*

Nirgends sind unreine Stimmungen, halbe Verhältnisse und un-
entschlossene Wünsche widerwärtiger und empörender, als in Rom.
Die großen Umgebungen, voller Zeugnisse reiner Menschenkraft
und sicheren Wollens, sind nur ohne Neid und Schmerz zu ertragen, wenn man sich auch im engsten Bereich des eigenen Wirkens
seiner Gesundheit und Lauterkeit freuen kann. Wem es dort nicht
gelingt, die halben und schiefen Stimmungen mit Gewalt von sich
zu stoßen, dem wachsen sie wie eine Krankheit unglaublich schnell
über den Kopf und verschlingen seine ganze Ruhe. Denn an Be-
schönigen und Betrügen vor sich selbst soll er nicht denken, wo ihn
jeden Augenblick die ganze Offenheit, das unbekümmerte Bekenntniß einer genialen Vorwelt niederschlägt und beschämt.

Und doch können wir nichts von uns ablösen, was ein Recht auf
uns hat, ohne uns in neuen Streit mit uns selbst zu stürzen und mit
unserm Gewissen zu zerfallen, da wir früher nur mit unsern Meinungen und Wünschen entzweit waren. Uns zu retten, bedarf es der
Ueberzeugung. Und Theodor war nicht überzeugt; nur zweifelhaft
und erschüttert. In lichteren Stunden wiederholte er sich die alte
Weisheit, daß Eines nicht für Alle tauge. Bianchi's Art zu sein und
zu leben, die ihm oft als die menschlichste, nothwendigste und
reinste erschien, kam ihm dann fast niedrig vor. Er schämte sich,
daß er ihn hatte beneiden können. Ein zarter Glanz breitete sich
wieder um die lieben Gestalten seiner nächsten Angehörigen. Er
sprang dann auf und stürzte mit übervollem Herzen zu ihnen. Fand
er aber dort Die er suchte in der ruhigen, würdevollen Umgebung,
die ihn verhinderte, sein Inneres auszuschütten, mußte er seine
leidenschaftliche Hingebung zu einem gleichmütigen Gespräch
über fremde Dinge herabstimmen und ersah kaum die Gelegenheit,
seine Geliebte beim Weggehen flüchtig an sich zu pressen: so ge-
rieth er in der Einsamkeit von neuem außer sich und brach in stür-
mische Anklagen der Lauheit, des Zwanges und der Unnatur aus.
Dann konnte er stundenlang am Ufer der Tiber vor Bianchi's Thür
auf und ab gehn, hinüberstarren, wo sich Sanct Peter mächtig über
die breite Masse des Vatican erhebt, den Fluß verfolgen, der unter
Gebüsch weit in die Landschaft hinaus läuft, und dann zu der Thür
seines Freundes flüchten, ohne den Klopfer zu rühren. Trat er wirklich ein, so ließ freilich die ziellose Qual von ihm. Aber die gereizte

Fröhlichkeit, die ihn dann ergriff, die Begeisterung, die aus ihm sprühte, wenn er in der Werkstatt auf und abging und von Dingen der Kunst redete, waren weit von Gesundheit entfernt.

Bianchi entging der seltsam gärende Zustand seines Freundes nicht. Aber er vermied es, den Grund aus ihm herauszulocken, wie er überhaupt Gesprächen über persönliche Verhältnisse und innere Erlebnisse auswich. Gerade dies unruhige Gebahren fesselte ihn täglich mehr an Theodor. Er selbst war seit der Krankheit zahmer und freudiger in allem Thun und Reden. Wenn er Theodors Klopfen vernahm, deckte er ein Tuch über seinen großen Entwurf und öffnete hastig. Er war noch immer sparsam mit den geringsten Liebesbezeigungen. Aber sein Gesicht konnte nicht verläugnen, daß die Gegenwart seines Freundes ihm mehr als Alles war. Er saß dann bei seinen Muscheln am offenen Fenster, das Gesicht kaum einmal zu Theodor gekehrt, und arbeitete rüstig, während sie sprachen oder ein Buch Beide erquickte. Er hatte durch Theodors Vermittelung Käufer für seine Arbeiten gefunden, die ihm das Doppelte zahlten, was der Händler bisher gegeben; doch war seine neue Wohnung in nichts reicher ausgestattet als die frühere. Freilich vergoldete die Sonne die nackte Wand, an der das Rundbild der Meduse hing, und vor dem Fenster lag die entzückende Ferne. – –

Eines Abends, im heißen Mai, als es draußen am Tiberufer einsam war und die Mücken überm Gesträuch ungestört spielten, klang der Klopfer an Bianchi's Thür rascher und lauter als sonst. Er stand von der Arbeit auf, vor der er sinnend gesessen hatte, und deckte nicht wie sonst das Tuch darüber. Er mag's heute sehen, sagte er für sich, wenn er's wirklich ist, der so unbändig lärmt. – Damit ging er zu öffnen.

Der junge Mann trat ungestüm ein, sein Gesicht war lebhaft geröthet, seine Augen strahlten. Bianchi, rief er, Bianchi, ich komme von *ihr*, ich habe sie gesehen, gesprochen, das Wunder ist mir wieder bis ins Mark gedrungen. Und Ihr, Lieber, Böser, sagtet Ihr nicht damals, sie sei fort, ins Gebirge zurück, der Alten entflohen und wie das Märchen weiter lautete? Oder ward es Euch wirklich erzählt? Denn sie ist hier, keinen Fußbreit aus Rom hinausgekommen die zwei Monate lang. Redet, Bianchi; wag sagt Ihr? Preiset mein

Schicksal, das mich ihr an die Seite führte, wodurch ich *noch* wie von Sinnen bin!

Er stürmte das Gemach hin und her, ohne umzublicken. Er sah nicht, daß Bianchi todtenblaß in der Thür stehen geblieben war und seinen Irrgängen mit durchdringendem Blick folgte. Caterina? brach es endlich von seinen Lippen.

Caterina! rief Theodor; sie selbst, sie selbst, schön und still und Himmel und Hölle in den Augen, wie an jenem ersten unvergeßlichen Abend, nur nicht jene bitterliche Schwermuth um die Lippen, und in römischen Kleidern. Denkt, wie es kam. Ich sitze zu Haus in der Schwüle unlustig über den Büchern, und es treibt mich endlich hinaus. Einige Gassen weit, so gerath' ich in einen Schwall geputzter Menschen, die es eilig haben, und frage einen: wohin? Auf Monte Pincio, heißt es, das Wettrennen und die Wagen zu sehn. Ich hatte keinen eigenen Weg und lasse mich treiben und gelange gedankenlos mit auf die Höhe. Ihr habt die Gerüste gesehen, die sie gestern noch zimmerten. Heut die weiten Schranken Kopf an Kopf gefüllt, daß ich Mühe hatte, einen Platz zu finden, und unbequem genug, wie ich im ersten Moment dachte, denn die Sonne stand mir gegenüber, daß mir's, über die Bahn blickend, vor den Augen flimmerte. Wie ich nun bedenke, ob ich gehen oder wie mich schützen soll, und stehe noch an meinem Platz, seh' ich nach unten und entdecke einen seidenen Sonnenschirm und ein bezauberndes Stück Hinterhaupt und Nacken darunter. Im Nu saß ich, und unter den Schirm mich bückend, frag' ich meine Nachbarin, die sich abgewendet hatte, ob ich die Wohlthat ihres Schattens mitgenießen dürfe. Sie wendet sich, und es war, als juckte mir der Blitz mitten durchs Herz, da ich sie erkannte. Sie schien mich auch wiederzuerkennen und blieb mir die Antwort schuldig. Indeß kam nun auch die Alte neben mir zum Vorschein, war gesprächig und höflich und befahl Caterinen, den Schatten mit mir zu theilen. Bianchi, wie sie das that, den Schirm in der kleinen Hand regierend, halb verlegen, halb zutraulich und dann auf meine zudringlichen Fragen bescheiden und klar antwortete mit jener süßen dunkeln Stimme – es ist über alle Worte! Ich saß hingerissen, blind für Alles umher, unter dem kleinen Dach wie mit ihr allein, und baute es zu einem Haus für uns um, in dem ich Stunden, Tage und Jahre an mir vorbeirinnen fühlte, so gleichgültig, als gehörte ich schon der Ewigkeit an.

Wie hätt' ich Augen für die Spiele gehabt! Aber ich folgte dem Eindruck, den die wilde Jagd auf Caterinen machte, wie ihr die Freude hoch aufschlug, wenn eine kühne Wendung geschah oder ein Wagen den andern weit voraus sausend um die Ecke bog, wie sie frohlockte, wenn eins der schönen Thiere, rauchend und schäumend vom Siege, im Triumph nahe vorübergeführt wurde. Heilige Natur! rief ich in mir aus, wie lachst du unverfälscht und unverbildet aus diesen Augen! Wie muß Der mit Leib und Seele dir wieder zugewendet werden, den diese Augen anlachen! Laß mich verschweigen, was ich weiter in mir raste und jubelte. Es nahm ein Ende. Das Volk verließ die Schranken, meine Nachbarinnen standen auf. Als ich mich erbot, sie durch den Strudel der Menschen nach Hause zu führen, lehnte es die Junge ruhig, aber bestimmt ab. Die Alte machte mir hinter ihrem Rücken mit Augenwinken und Grinsen Zeichen, die ich nicht völlig verstand. Ich aber hielt mich in einiger Ferne hinter ihnen und ging die Höhe hinunter ihnen nach in die Stadt. Es schien mir, als verdoppelte Caterina ihre Schritte, nachdem die Alte sich einmal nach mir umgewendet. Endlich in Via Margutta traten sie in ein Haus. Ich wagte nicht zu klopfen, stand dort eine halbe Stunde wie angewurzelt und sah die Vorhänge wehen, aber keine Gestalt. Nur die widerliche Fratze der Alten erschien einmal am Fenster. Sie sah mich nicht, da ich mich im Schatten der Häuser barg, und so riß ich mich endlich hinweg und hier bin ich, wenn es hier sein heißt, daß mir der Boden unter den Sohlen brennt und mein Sinn wie verriegelt ist, eines andern Menschen Gegenwart wirklich zu empfinden.

Er warf sich auf einen Stuhl; er beachtete es nicht, daß Bianchi noch immer in der Thür stand, nicht, daß er keinen Laut von sich gab. Er sah vor sich hin. Heute zuerst, fing er wieder an, nach schweren Wochen des Druckes und Kleinmuthes einen vollen Zug Leben gesogen, eine Stunde genossen, die mich über mich selbst hinaushebt! Wer so immer hinschwimmen könnte mit vollen Segeln ins offne Meer hinaus! Aber an den Küsten hinkriechen im geflickten Boot, sich winden und krümmen, wie dem Ufer die Laune steht, um doch endlich an einem Kiesel zu scheitern – erbärmliche Feigheit!

Mit diesen Worten schlug er die Augen auf und begegnete dem Relief ihm gegenüber. Der Abend schien roth durchs Fenster, und die scharf umrissenen Figuren wurden deutlich genug. Man sah einen Jüngling am Ufer des Flusses, an dem der Vordertheil eines Nachens und die wilde Gestalt des greisen Fährmanns harrten. Den Fuß hatte der Scheidende schon auf den Bord gesetzt. Aber das Haupt und der grüßende Arm waren nach der andern Seite gewendet, wo eine blühende weibliche Gestalt, durch ein Füllhorn bezeichnet, unter einem fruchtbaren Baume saß, in edler Geberde des Schmerzes, das Haupt niedergesenkt. Ein Genius der Liebe lehnt an ihrer Seite, die Fackel umgekehrt, daß er ihr Leben erfüllte, mit den Augen an dem Jüngling hangend, ob es möglich sei, ihn zurückzuhalten. Aber zwischen ihnen stand ernst und abwehrend das Schreckbild der Parze.

Theodor starrte wortlos noch immer den Kopf des Jünglings an, dessen Züge ihn unbezwinglich demüthigten. Er hatte Bianchi ein Bildniß Edwards verschafft, von Mariens Hand wenige Tage vor dem Tode gezeichnet. Es zeigte die edlen Züge schon in aller Feinheit der nahen Verklärung, und besonders die Augen waren rührend frei und groß. Zugleich, da alles Zufällige abgestreift war, sah man die Aehnlichkeit der Geschwister schlagend, und fast beunruhigend für die Ueberlebende. Zum ersten Mal empfand dies Theodor. Er sah Marien in Stunden des Schmerzes oder einer hohen Bewegung, wo ihre Augen dunkler aus dem zarten Gesicht herausleuchteten und der ernsthafte Mund sich leise öffnete, wie hier der aufseufzende ihres Bruders. Es litt ihn nicht länger auf dem Sitz. Er trat dicht vor das Bildwerk; er kämpfte nicht mehr in sich, mit Einem Schlage glaubte er Alles entschieden, alle Gefahr angesichts dieser Hoheit und Anmuth bezwungen für jetzt und immer. Er blieb so, bis das Abendroth erlosch und das Gesicht sich in den raschen Dämmerungen ihm entzog. Dann ging er, ohne ein Wort zu sagen, nach der Thür, in der Bianchi noch immer stand; er haschte nach der Hand des Freundes; drückte sie, ohne zu empfinden, wie welk und kalt sie war, und ging hinaus.

Bianchi zuckte zusammen, als die Thür ins Schloß fiel. Er sah verstört mit abwesenden Gedanken umher. So verharrte er an die Wand gelehnt, unfähig sich zu regen; denn entschlossen war er längst. Aber die Glieder waren dem Willen widerspenstig. Die Nacht kam; er konnte sich endlich aufrichten und stand, das Zittern niederkämpfend, das ihn überfiel, die geballten Fäuste gegen die

Augen gedrückt. Darauf stieß er einen einzigen, dumpfen Schrei heraus, und es war, als sei er nun wieder Herr über sich. Er ging mit ruhigen Schritten aus dem Haus; keinem der vielen Spaziergänger, welche die Nachtkühle genossen, fiel er auf; so gleichgültig sah er umher. Er betrat endlich die Via Margutta und klopfte, ohne zu zaudern, an einem kleinen Hause. Die Thür gab nach, und er trat in den Flur. Er sah die Steintreppe hinauf, über die ein Lichtstreif hinunterglitt. Oben mit der Lampe stand Caterina.

Der Mann weidete sich einen Augenblick an der vollkommenen Bildung des jungen Weibes, das am Geländer lehnte, die Lampe weit vor sich hingestreckt, mit der lieblichsten Geberde der Freude bemüht, unten im Schatten das bekannte Gesicht zu erkennen. Sie nickte und lächelte und grüßte hinunter. Komm, komm! rief sie, als er unten verzog. Er stieg langsam die Stufen hinan. Als aber die Lampe sein Gesicht beschien, starb ihr Lächeln und Freude von den Lippen weg. Carlo, um Gotteswillen, du bist krank! rief sie ihm entgegen. Er drängte sie sanft zurück und schüttelte den erhobenen Zeigefinger abwehrend hin und her. Laß! sagte er. Komm hinein, Caterina, komm!

Sie folgte ihm in athemloser Angst. Das Zimmerchen war niedrig, aber sauber und wohlausgestattet. Blumen standen an den Fenstern, ein Vogel hing im Bauer davor und schmetterte gerade jetzt, als der Lampenschein ihn beunruhigte; auf dem Tisch lag eine blanke Guitarre. Die Alte hatte mit einer Arbeit daneben gesessen. Sie stand nun auf, den Eintretenden begrüßend, unterwürfig und dreist. Guten Abend, Sor Carlo! rief sie. Wie geht's? Ihr kommt zur rechten Zeit. Das arme thörichte Ding da, kein Liedchen wollt' ihm glücken, keine Saite stimmte; der Schelm, der Vogel, den sie doch auch von Euch hat, sang ihr zu laut; Tochter, sagt' ich, er kommt ja, den du lieber hast, als deine Augen, Närrchen, das du bist! – Nenna, sagte sie, mir bangt so; und, sagte sie, das Herz schlägt mir so, ich weiß nicht wovon. – Still! Still! sagt' ich, du bist ein Kind. Einen Herrn zu haben, der dich auf Händen trägt, sagt' ich, der dich hegt und pflegt wie sein eigen Herz –

Und der dich in die Hölle schicken wird, verruchte Hexe! schrie Bianchi und trat hart an sie heran. Du Gift! du Niedertracht! dank' es deinen grauen Haaren, daß ich dich meine Fäuste nicht empfinden lasse. – Er schüttelte sie heftig bei der Schulter, die Ader an der Stirn lief ihm glühend an. Die Alte fuhr zusammen und blinzte ihn an. Macht nicht so schlechte Späße mit einer alten Frau, sagte sie stotternd. Ihr habt mich erschreckt, daß ich die Gicht davon haben werde. Was? Redet sänftlich, Sor Carlo, und führt nicht so unchristliche Worte im Mund, daß man sich kreuzen und segnen möchte! Was habt Ihr mit der armen Nenna?

Was ich habe? schäumte Bianchi und stieß sie von sich, daß sie in die Kniee sank. Sie kann fragen, die Nichtswürdige? Mir ins Gesicht die heilige Unschuld spielen, nachdem sie mich betrogen? Hab' ich dir nicht bei deinem Leben gedroht, zu thun, was ich sage und nicht, was dir der Teufel einbläst? Und nun kitzelt sie Habsucht und Kuppelgelüst, daß sie nur das Mädchen verderben will, und muß mit ihr unter die Leute, sie zu zeigen und auszubieten, ob sie nicht einem gefiele, der reicher ist, als Bianchi, der Bildhauer, der von seinem Schweiß lebt und Euch zu leben giebt? Fort! aus dem Haus, und das ohne Zögern und Winseln! Denn ich kenne dich und ich hätt' es wissen sollen, daß du kein Schutz bist und der Verrath in deiner vertrockneten Brust nistet mit allen Ränken der Hölle!

Die Alte hatte sich erhoben und stand lauernd mit erkünstelter Demuth einige Schritte von ihm beim Fenster. Ihr habt Recht, Sor Carlo, sagte sie, ich hätt' es nicht thun sollen. Aber mich jammerte der armen einsamen Creatur, wie sie von der Welt Sonn- und Werkeltage nichts zu sehn kriegt, als die Dächer gegenüber, oder um Mitternacht, wenn Ihr einmal mit ihr ausgeht, dunkle Gassen und das bischen Sternenhimmel. Kind, sagt' ich, er ist so gut, er kann nicht böse werden, wenn du ihm heut Abend erzählst, daß du das Rennen mit angesehn hast. Sie wollte nicht, armes Ding; aber ich sah ihr's an, daß sie's gern hätte, und so redete ich ihr zu. Was ist's nun weiter? Wenn Ihr nicht den Lärm darum machtet, so hätte sie auch einmal ein Vergnügen gehabt. Und steht sie nicht da, wie sie war, kein Härchen anders? Denn was Ihr da sagt, Sor Carlo, solltet Ihr Euch Schämen zu sagen, einer armen, ehrlichen Alten ins Gesicht, die keinen Gedanken hat, als Euch gefällig zu sein und Caterina.

Du gehst, sagte Bianchi mit unerbittlicher Ruhe, und weiter kein Wort mit dir!

Die Alte sah ihn scharf an, während er am Tische stand, auf die Platte niedersah und die Faust dagegenstemmte, als dächte er an Anderes. Sie schlich zu dem Mädchen, das auf einem Schemel in der Ecke saß mit gesenkten Augen. Tochter, flüsterte sie, bitte *du* ihn! – Caterina warf einen Blick auf Bianchi's Gesicht und schüttelte bann den Kopf. Es hilft nichts, sagte sie.

Laßt mich wenigstens diese Nacht hier, bat die Alte und trat dem Manne einen Schritt näher. Wo soll ich mein Haupt niederlegen? Wie mein bischen Habe zusammenraffen? Um der allerheiligsten Jungfrau willen, Sor Carlo, stoßt mich nicht aus wie –

Du gehst, wiederholte der Mann. Habe? Du hast keine, als von mir. Du gehst, oder –

Er hob seine Faust. Das Weib schrak zusammen. Flüche, Bitten, Drohungen wüst durcheinander murmelnd verließ sie leise das Gemach.

Caterina, sagte der Mann langsam, ohne aufzublicken, es ist aus. Du siehst mich von heute an nicht wieder. Frage mich nicht, warum, und mach dir keine Sorgen, daß du mich erzürnt hättest. Ich hab' es nur mit jener Teufelin, die eben davongegangen. Du bist gut und es soll dir wohl gehn, auch wenn du mich nicht siehst. Ein Anderer wird kommen und an dein Haus klopfen, derselbe, der heut beim Schauspiel neben dir gesessen hat. Oeffne ihm und begegne ihm, als wenn ich's wäre, und habe ihn lieb und – sei ihm treu. Du darfst ihm nicht sagen, daß du mich kennst; du darfst ihm meinen Namen nicht nennen. Aber halt dich nach wie vor zu Haus, und solltest du ja ausgehen, so vermeide den Theil der Stadt unten nach dem Tiber zu. Versprich mir das Alles, Caterina!

Er harrte der Antwort. Statt ihrer brach ein Schluchzen aus der Ecke vor, das ihm in die Seele schnitt. Weine nicht, sagte er so ruhig er konnte; du hörst, es ist nicht im Zorn, daß ich von dir gehe, und du wirst glücklich sein, du wirst es besser haben als bisher, du wirst den Andern lieber haben als mich.

Nie! stöhnte es von den Lippen der Armen. Das Weinen faßte sie gewaltsam. Aber der eine Ton sprach ein langes, heftiges Bekenntniß grenzenloser Neigung aus. Bianchi's düstere Miene lichtete sich jäh; er sah freudig auf, er wandte sich und trat ihr näher. Außer sich stürzte sie auf ihn zu, und er empfing sie, die wie bewußtlos ihn an sich riß, in seinen Armen. Er küßte sie auf die Stirn. Still! sagte er, du und ich, wir müssen uns fassen. Es ist nun so gut, und besser. Wer weiß, ob ich das Andere überstanden hätte. Aber es darf dennoch nicht so bleiben, es darf nicht, oder ich gehe daran zu Grunde. Komm, sagte er, mach' ein Bündel von deinen besten und liebsten Sachen und was du brauchst zur Reise. Eil dich, Caterina. Ich denke, wir werden uns wiedersehn, aber hier nicht. Habe Geduld!

Sie sah ihn groß an, sie begriff nichts, ihr ahnte nichts. Mechanisch that sie, was er befohlen hatte. Wohin gehn wir? fragte sie schüchtern, als Alles bereit war. Komm! sagte er. Er löschte das Licht. Der Vogel draußen im Bauer flatterte heftig gegen die Drähte, die Guitarre gab einen klingenden Ton, als er im Dunkeln daran stieß; den beiden Menschen pochte das Herz laut. So gingen sie.

*

In der seltsamsten Verfassung hatte Theodor Bianchi's Haus verlassen. Sobald er die stille Luft um sich fühlte, wich der letzte schwere Hauch von ihm, der ihn noch vor dem Bilde gedrückt hatte. Nur eine Mattigkeit, schmerzlos wie sie ein Genesender empfindet, nachdem das Fieber ausgetobt hat, breitete sich über sein Gemüth. Auch die heimliche Reue im Hintergrund seiner Gedanken trug fast dazu bei, seine innerliche Helle zu erhöhen, wie der Schatten das Licht. Er sagte sich, daß noch nichts verscherzt sei, daß Alles, was er in Verblendung von sich gestoßen, ihm noch unverändert zugehöre, daß er nur die Hand auszustrecken habe, um sich seines Besitzes zu freuen. Habe er sich die Zeit her mit widersinnigen Wünschen gepeinigt und sich die Freude am Besten verkümmert, um einem reizenden Schein nachzuhängen, so sei er an sich selber gestraft.

Die Gestalten beider Mädchen gingen ihm vorüber, und sein Herz ward keinen Augenblick irre; noch ward es ungerecht gegen die Fremde. Ein Staunen beschlich es noch immer, indem es sich aller Züge des wunderbaren Gesichts erinnerte. Aber es hüpfte hoch auf, wie die Zeit des ersten Sehens und Findens, der wachsenden Neigung zu Marien ihm wieder lebendig wurde. Und was war inzwischen anders geworden? War sie nicht dieselbe geblieben? Freilich auch dieselbe an Scheu und Gefühl der Sitte, sich zurückzuhalten vor den Augen Anderer. Aber sie sagte ihm mit der ganzen gesteigerten Wärme ihres Wesens, mit den Augen, die nicht von ihm ließen, wenn er da war, mit den Händen, die ihn nicht lassen wollten, wenn er ging, daß sie ihm völlig und ohne Vorbehalt hingegeben war. Kann ich ihr vorwerfen, sagte er, daß sie noch im Bann der puritanischen Mutter ist? daß sie nicht das Band dieser Ehrfurcht zerriß, sobald sie sich an mich knüpfte? Und ich konnte wollen, daß sie wie eine zügellose Minente aus Trastevere, die Niemanden zu fragen hat, als ihre Leidenschaft, mir an den Hals stürze!

Als habe er ihr Alles abzubitten, womit er sich seit Wochen das Leben zerstört hatte, treibt es ihn jetzt nach ihrem Hause. Er weiß, daß der Besuch aus England, der ihn verdrossen, gestern Rom verlassen hat. Es ist ihm, wie wenn nun Alles von neuem beginnen solle. In dieser aufwachenden, glückseligen Stimmung springt er die Treppen hinauf.

Wenige Augenblicke vorher war in Mariens Zimmer Miß Betsy aufgestanden, um zu gehen. Das Mädchen blieb am Clavier sitzen, im Dunkeln mit den Händen sich an die Arme des Sessels anklammernd, als müsse sie zu Boden gleiten, wenn sie sich nicht halte.

Folgt meinem Rath, Kind, schloß die kleine Dame ein langes Gespräch, das sie fast allein geführt hatte. Gleich wenn er wiederkommt und ohne Umschweife stellt ihn zur Rede, daß er nicht Zeit gewinnt auf Ausflüchte zu sinnen. Mary, thut das, sag' ich Euch; er ist noch in den Jahren sich zu bessern, wenn man's recht anfängt. Schändlich ist es und bleibt es, und – süßes Herz – so gern ich wollte, ich kann nichts von Allem zurücknehmen, was ich im ersten Zorn gegen ihn gesagt habe. Indessen, unser Herrgott hat schon andere Sünder erleuchtet. Wenn er nur mehr Religion hätte! Ihr müßt mir zugeben, daß ich ihm das schon oft vorgeworfen habe, und nun seh' ich, wie sehr ich Recht hatte. Schande über ihn, daß er Euch so wenig ehrt, Kind, schande fürwahr! Ich sah mich um; zum Glück saßen in unsrer Nähe keine Bekannte von Euch, denn die meisten von der guten Gesellschaft, wenn sie nicht das Volk studiren wollen, gehen nicht auf diesen Platz, sondern in die getrennten Logen. Aber mir hat er das ganze Schauspiel verdorben, das vergess' ich ihm nicht. Dear me, wenn Ihr mit mir gewesen wärt, Ihr wäret gestorben auf der Stelle. Meint Ihr, daß er Ein Auge von ihr gelassen? Und sie schienen sich zu kennen, eine alte Passion; und das wäre noch zu seiner Entschuldigung. Denn er wird genug Mädchen schön gefunden haben, ehe er Euch kennen lernte. Aber man achtet doch auf sich, zumal öffentlich, und thut als kenne man sich nicht wieder. Nun nun, Kind, wenn Ihr mit ihm redet, ernsthaft und ein für alle Mal, so wird er in sich gehn. Aber wenn *Ihr* es nicht thut – so gern ich es Euch ersparte – meine Grundsätze verlangen dann, daß ich es Euern Eltern anheimstelle, ihm ins Gewissen zu reden. Eine solche Familie! der Schimpf wäre zu groß und das Unglück, wenn sie einen leichtsinnigen Menschen in ihren Kreis aufnähme. Habt Ihr denn nie etwas von einer alten römischen Liebschaft gehört, die er Euretwegen abgeschafft hätte?

Nein, sagte das Mädchen leise. Wie hätte sie's über die Lippen bringen können, daß ihr die Beschreibung der dienstbeflissenen Zuträgerin ein Bild wieder lebendig machte, das ihr früher schon einmal einen nachdenklichen Tag gekostet hatte! Am Tage darauf, nachdem Theodor ihr von dem Tanz in der Schenke erzählt hatte, war sie an seinem Arm durch die Stadt gegangen. Aus einem niedrigen Fenster sah ein schönes Gesicht, auf das sie ihren Freund aufmerksam machte. Er hatte eine starke Bewegung nicht unterdrücken können, und auch das Mädchen ihn zu erkennen geschienen. Es ist die Albanerin von gestern Abend, hatte er gesagt, und dann rasch von andern Dingen gesprochen. Ihr aber war das Gesicht Zug für Zug im Gedächtniß geblieben.

Laßt es jetzt gut sein, redete ihr Miß Betsy zu und strich ihr mit der Hand über die Locken. Grämt Euch nicht, Liebe! Die Menschen und zumal die Männer sind keine Engel. Mein Gott, wer erlebte dergleichen nicht! Und sprecht mit ihm, so wird noch Alles in Ordnung kommen. Gute Nacht, Kind! Ich komme morgen und sehe nach Euch. Der Herr sei mit Euch!

Sie ging rasch. Draußen begegnete sie Theodor, der sie fast überrannte. Verzeihung! sagte er, ein Bräutigam, der zu seiner Braut geht, darf es ja wohl eilig haben. Nicht wahr, liebe Miß Betsy? – Er bemerkte die kalte Miene nicht, mit der ihm entgegnet wurde: Ihr werdet Mary finden; in der That, sie erwartet Euch nicht. Er verabschiedete sich schnell und stürzte in das Zimmer.

Zum ersten Mal fand er sie allein, in der fast nächtlichen Dämmerung am Fenster stehend, die Locken ganz um das Haupt aufgelöst. Er dankte im Stillen inbrünstig dem guten Glück, das so willig schien, Alles auszugleichen. Leise tritt er heran; sie bewegt sich nicht. Er schlingt den Arm um ihren Leib und ruft ihren Namen. Sie fährt zusammen und wendet sich um, und er sieht es feucht in ihren Augen schwimmen. Du weinst, Marie, liebes, theuerstes Leben, du weinst? ruft er und will sie fester an sich ziehen. Sie wehrt ihm, ohne zu antworten; sie drückt die Augen zu und zerdrückt die Tropfen und schüttelt den Kopf. Nein, sagt sie endlich, ich weine nicht, laß! Es ist vorbei, es ist gut!

Er geht drei Schritte auf und ab; er weiß nicht wie ihm geschehen, aber mit Einem Schlag ist all seine Freudigkeit gelähmt. Was hast du, fragt er nach einer Pause, das ich nicht wissen darf? Wenn du wüßtest, mit welchen Freuden ich über diese Schwelle trat, wie mich's selig durchfuhr, dich endlich einmal allein zu finden! und ich finde dich nun so fremd, verschlossner als in aller Bedrängniß fremder Gesellschaft – du weißt nicht, *was* du uns zu Leide thust!

Sie schwieg noch immer und hatte die Augen zugedrückt. Sie hielt in Gedanken die Worte, die er sprach, mit denen zusammen, die ihr so eben das Herz zusammengeschnürt hatten, seine Blicke mit denen, die ihr die alte Freundin geschildert hatte und die einer Andern galten. Es war etwas in ihr, das gern für ihn gesprochen hätte; aber zu viele Stimmen schrieen dagegen. Nicht, daß sie ihn für unwahr hielt, für unwürdig, und ihn anklagte in ihrem Herzen. Sie hatte die Erzählung der Alten mit angehört, als gelte sie weder ihr noch ihm, wie ein Unerhörtes, für das wir kein Organ in uns haben. Aber dennoch warf es ein letztes Gewicht auf die Last, die sie schon wochenlang getragen hatte. Theodor betrog sich, wenn er glaubte, durch seine gespannte, unglückliche Stimmung nur sich selbst wehe gethan zu haben. Daß er verändert war, der erste Glanz der Liebe verblichen, das Herz seiner selbst nicht mehr gewiß, war Marien nicht entgangen. Wenn er zugegen war, bezwang sie sich um seinetwillen; sie hätte ihm um die Welt nicht gestanden, daß sie an ihm zweifelte; und war sie allein, so schalt sie sich selbst und sagte sich, daß sie falsch gesehn und zu viel gesehn habe, daß ein Mann sich mit Gedanken trage, die ihn zerstreun und selbst bis zu seiner Geliebten verfolgen. Auch wußte sie, daß ihm der Zwang vor der Mutter immer unerträglicher wurde. Und doch brach auf Augenblicke das Gefühl des bittersten Kummers durch und verschloß ihr gerade jetzt den Mund und das Herz, wo Worte so nöthig gewesen wären. Sie hoffte auch nichts von Fragen, und Vorwürfen wollte sie nichts zu danken haben. Sie war ohne heftigen Schmerz, wie abgestorben, daß sie seine Nähe nicht fühlte und doch einen tödtlichen Stoß empfangen hätte, wenn er gegangen wäre.

So stehen sie in unseliger Täuschung einander gegenüber. Er greift schon nach dem Hut, um dem unerträglichen Zustand ein Ende zu machen, als die Mutter hereintritt. Er muß bleiben; Lichter werden gebracht, die Frauen setzen sich, während er einsilbig steht, sich selbst und sein elendes Geschick tausendmal verwünschend. Und wie sich in solchen Stunden alles Widerwärtige häuft, kommt die Mutter von neuem auf Edwards Monument zu sprechen. Er kann nicht verschweigen, daß es ihm heut zum ersten Mal aufgedeckt worden, und muß Gegenstand und Art der Darstellung beschreiben. Er belebte sich wieder ein wenig. Es ist unvergleichlich, sagte er; ich kann nicht ausdrücken, wie mich das Bild ergriff, Edward ganz und gar, lebend und verklärt zugleich, und wunderbar! fast durch Offenbarung die Art wiedergegeben, wie er sich bewegte, jene eigentümlich innige Gewohnheit den Kopf vorzuneigen, von der ich meinem Freunde nie gesprochen.

Es mag Alles unbestritten sein, was Sie sagen, lieber Theodor, sagte die Mutter nach einigem Besinnen. Und doch verberge ich nicht, daß mir die Nebenfiguren, wie Sie sie beschreiben, durchaus widerstreben, daß ich mich nicht werde entschließen können, an dem Grabe meines Sohnes zu beten, wenn der Stein diese fremden, fabelhaften Gestalten zeigt, die mich schrecken, statt mich zu erheben.

Es sind Zeichen, Mutter, Zeichen für den liebevollsten Sinn, die Ihnen nicht fremd sind, sobald Ihnen der Sinn nah getreten. Und würden Sie nicht ergriffen werden, wenn ein italienischer Poet Strophen auf Edward in seiner Sprache gedichtet hätte, obwohl sie nicht Ihre Muttersprache ist?

Wohl, aber dann wär' es wirklich nur die Form, die mich fremd berührte. Hier ist der Sinn von Vorstellungen, die meinem Heiligsten widerstreiten, so getränkt, daß ich mich abwende und nichts damit gemein haben kann.

Sie sprechen es hart aus.

Es wundert mich, das Sie hart finden, lieber Theodor, was das natürliche Gefühl eines Weibes und einer Christin ist.

Und Sie sind in Rom und sehen täglich die Wunder vergangener Geschlechter und haben Freude am Thun der tausend verschiednen Geister, die auch von Ihnen verschieden sind, und wollen sich hier verschließen und abwenden; hier wo ein edler Mensch Ihnen zu Liebe aus Seinem Tiefsten hergegeben, was er nur hatte?

Ich fechte seinen Willen nicht an. Aber gerade weil es mich zunächst mit betrifft, mir zu Liebe geschehen soll, bin ich empfindlicher gegen das, *was* geboten wird. Denn der beste Willen kann uns beleidigen, wenn er keine Rücksicht auf uns nimmt.

Theodor trat auf Marien zu, die auf einen Stickrahmen gebeugt still dagesessen. Marie, sagte er, hat dich Bianchi's Werk auch beleidigt?

Nein, sagte sie leise, aber ich gebe der Mutter Recht. Man kann nichts lieben, was fremd ist; ich nicht; ein Mann vielleicht.

Er verstand nur halb ihre Worte; aber er verstand, daß sie sich von ihm gewendet. Ein unsägliches Wehgefühl ergriff ihn. Es war nicht Trotz, nicht kleine Verbitterung, daß er sich stumm verneigte und ging. Er fühlte, daß er sich sammeln, seine betäubten Geister aufrichten müsse. Er hätte irre geredet, wenn er geblieben wäre.

Es sollte nicht sein, sagte er vor sich hin, als er auf der Gasse war. Sie hat Recht; wir wären uns immer fremd geblieben. Ich hielt meine fruchtlosen Mühen, mich immer wieder von neuem ihr aufzudrängen, für Zug und Bestimmung. Kein Wunder, daß sie es endlich müde wird. Aber es war grausam, daß es gerade heut so kommen mußte, da ich eben mich so schön getäuscht, so selig belogen hatte und hoffnungsvoller war als je. Es war grausam und heilsam! Ich bin nun für immer von diesem gutmüthigen, vermessenen Selbstbetrug geheilt.

Dann dacht' er an Bianchi. Schade! sagte er. Dem hätt' ich's sparen sollen. Er wird wieder was in die Tiber zu werfen haben. Nein, er soll nicht; ich will diese Tafel besitzen, mich in Zukunft zu warnen, wenn ich Menschen vertraue.

So kam er in seine Wohnung. Er zündete Licht an und setzte sich zu schreiben. Er fing einen Brief an Marien an, ruhig und sanft; nach den ersten Zeilen ward er der Lüge inne, denn es kochte und zürnte und sehnte in ihm, daß er die Feder am Tisch zerstieß und aufsprang. Er wußte nicht, wohin. Endlich ging er wieder ins Freie, den Weg nach Bianchi's Hause. Wollte er ihn aufsuchen, ihm Alles sagen, ihm Alles verschweigen, nur wieder in seiner Nähe nach Entschluß und Fassung ringen? Er wußte es nicht klar; aber er ertrug sich nicht in der Einsamkeit.

Nur eine schmale Mondsichel stand über den Dächern. Aber die Häuser waren hell, die Balcone und Fenster belebt; auf dem Corso wallte ein muntres Gewoge von sorglosen Menschen, die sich nach dem Tagesbrande erfrischten, lachende Mädchengesichter, fremde und römische, so leicht gekleidet, wie sie sich aus den Zimmern fortgeschlichen hatten. Die Straße glich einem langen Corridor neben einem Festsaal, wo sich die Gesellschaft zwischen den Tänzen in kühlerem Zwielicht ergeht. Hie und da drang auch Musik aus einem Hause vor, und eine Nachtigall schlug im Käfig.

Theodor mußte den Strom kreuzen. Er kam sich vor wie ein Abgeschiedener, der nichts mehr vom Leben, den es nur noch zu einem Freunde treibt, um eine unvollzogene Pflicht ihm zu offenbaren, ehe er für immer ruht. Er vertiefte sich in öde, schmale Gassen, die nach der Tiber führten, und ging so hin ohne die Kraft, irgend einen Gedanken fest zu halten. Endlich, von der vergeblichen Anstrengung ermattet, ließ er seinen Geist auf der leeren Weite des Schmerzes treiben, wie auf dem grenzenlosen Meer in der Windstille.

So kam er an den Theil des Ufers hinaus, der Ripa grande heißt, wo die Kähne liegen, die nach Ostia fahren, die kleinen Postdampfboote und andere Fahrzeuge mehr. Von da hinunter bis zur Ripetta sind noch einige hundert Schritt und keine unmittelbare Verbindung am Wasser hin. Er wandte sich eben rechts die breitere Straße hinauf, als ihm ein lautes Gezänk von den obersten Stufen der Wassertreppe ans Ohr schlug. Ein Ton klang dazwischen, der ihn plötzlich im Gehen hemmte. Er näherte sich dem Menschenhaufen, dessen einzelne Gestalten sich ihm nur langsam bei einer schlechten Straßenlaterne entwirrten. Es handelte sich um ein Mädchen, wie es schien, das ein Schiffer beim Arm hielt und hinabzuziehen bemüht war. Ein Anderer suchte Beide zu trennen. Laßt sie los, Pietro! rief er. Laßt sie gehn! Seit wann ladet Ihr Weiber, Ihr Seelenverkäufer, der Ihr seid? Seht, sie weint, armes Ding! sie will nicht in Euer Loch von Kajüte zurück; sie wird ihre Gründe haben! –

Hol's der Henker! schrie der Andere und riß an dem Mädchen herum, Gründe genug wird sie haben. Aber der sie mir brachte und das Geld dran wandte und sagte: »Schaff sie mir nach Ostia und gieb sie dort in sichere Hände, daß sie nicht wieder zurück kann,« der wird auch seine Gründe haben, und Gründe, die er mit Quattrinen beweist. Die Dirne! Sie wird nicht gut gethan haben. Wäre sie die liebe Unschuld, die sie jetzt spielen will, warum konnte sie nicht darauf pochen, wie der Mann sie mir brachte? Aber was denkt Ihr?

Da war sie stille; nur geweint und geschluchzt und den Mann geküßt, daß dem angst und weh wurde und er versprach, er wolle in Ostia nach ihr sehn. Und jetzt? Warum kommt ihr die Tücke, daß sie davon laufen will, die Katze, sobald ich den Rücken wende, und hier die halbe Straße gegen mich zusammenschreit, wie ich meiner Schuldigkeit nachkommen und sie wieder in Sicherheit bringen will? Sag mir das einer, wenn er kann! Nein! zurück mit der Hexe, und Maul gehalten, und Accidenti über Jeden, der mir in den Weg tritt!

Ich *kann* nicht, ich *will* nicht zurück, hörte man die Stimme des Mädchens. Dieser Mann ist falsch. Er muthete mir das Aergste zu, er bricht seinen Vertrag; rettet mich!

Wer will ihr glauben, der verruchten Lügnerin, dem Abschaum, der nur sinnt sich loszumachen und mich zu verschwärzen? Zurück die Hand, sag' ich, und hinunter mit der Metze!

Halt! donnerte eine Stimme überlaut dazwischen. Die Streitenden wandten sich stutzend um und sahen Theodor durch den Haufen brechen und die Hand auf des Mädchens Arm legen. Sie ist mein, rief er, und geht mit mir!

Eine Stille trat ein; Caterina hatte aufgeblickt und den jungen Mann erkannt. Unschlüssig zwischen Freude und heftigen Zweifeln stand sie und senkte die Augen.

Haltet Ihr uns für Kinder, Herr, fuhr ihn der Schiffer an, daß wir uns vom ersten besten Laffen einschüchtern lassen? Wenn Ihr ein Mädchen braucht – Ihr findet ihrer am Corso für Geld und gute Worte. Umsonst und mit bösen ist keine zu haben. Wer zum Teufel heißt Euch hier dreinreden und mit einer Manier, als hättet ihr das beste Recht von der Welt?

Ich hab' es, sagte Theodor laut und entschlossen; denn sie ist meine Frau.

Seine Frau! lief es durch den Haufen. Die zunächst Stehenden wichen einen Schritt zurück.

Eure Frau! das habt Ihr zu beweisen, oder es könnte – halt! unterbrach sich der Schiffer. Nennt ihren Namen, Herr, ihren Namen;

den pflegt doch ein Ehemann von seiner Frau zu wissen, wenn er auch nicht weiß, was sie in später Nachtzeit auf den Gassen treibt.

Caterina, sagte Theodor, erkennst du mich?

Ja! antwortete das Mädchen.

Es ist richtig, murmelte der Schiffer. Caterina, so nannte sie der Andere.

Du wirst mit mir gehn, Caterina, sagte Theodor. Du wirst mir den nennen, um dessentwillen du mich verlassen hast, daß ich in Angst und Wuth die Straßen Roms auf und ab nach dir gesucht habe. So? Nach Ostia? Und dort wollt' er nach dir sehen? Es ist genug. Komm!

Er sprach diese Worte so ernsthaft und mit einem Gesicht, auf dem so deutlich Schmerz und Entschlossenheit standen, daß Keinem ein Zweifel nahe trat. Es ist ihr Mann! flüsterten sie. Sie ist ihm mit einem Andern entlaufen. Dem gnade Gott, wenn er ihm auch so in die Hände kommt, wie diese!

Caterina that nichts, diesen Glauben zu irren. Gehorsam stieg sie die letzten Stufen der Treppe an Theodors Hand hinauf, und ihre Ueberraschung, von dem gerettet zu werden, dem zu entfliehen sie in die Gefahr gerathen war, glich täuschend der dumpfen Niedergeschlagenheit einer ertappten Schuldigen. Der Schiffer allein schien nicht völlig überzeugt. Er sah das Geldstück an, das ihm Theodor zugesteckt hatte, und brummte in den Bart: Wär' Alles richtig, hätte der Herr die Hand nicht in die Tasche gesteckt. Nun, ich bin doppelt bezahlt. Was geht's mich an?

*

Theodor ging erst mit ihr ein paar Straßen weit und hatte sie noch immer bei der Hand gefaßt; Keins sah das Andere an, noch fiel ein Wort zwischen ihnen, bis er sie auf einmal los ließ und fragte: Wohin soll ich Euch führen, Caterina?

Ich weiß nicht, sagte sie.

Nach Via Margutta?

Nein – und sie schrak zusammen – die Alte fände mich da, oder er.

Wer?

Ich darf ihn nicht nennen, Euch am wenigsten; er hat mir's verboten.

So ist es Bianchi, sagte Theodor dumpf. Sie wagte nicht zu läugnen.

Während sie weitergingen, befestigte sich die Ahnung, die in seinen Gedanken aufgegangen war. Die seltsame Stummheit des Künstlers, als er ihm von den Spielen und seiner Begegnung mit dem Mädchen erzählt, war ihm nun erst bedeutsam und erklärt. Hätten wir nicht geschwiegen zu einander von dem, was uns das liebste war! klagte er sich und den Freund an. Doch wußte er noch nicht Alles.

Am Hause angelangt, wo er wohnte, suchte er den Schlüssel und öffnete, Caterina trat zurück. Ich gehe da nicht mit, sagte sie. Nein, und sollt' ich auf den Stufen von S. Maria Maggiore schlafen, lieber als da hinein, mit Euch! – Kind, sagte er schmerzlich, ich bin nicht mehr, der ich dir noch vor wenig Stunden scheinen mochte. Du bist sicher bei mir, wie bei einem Bruder.

Sie sah ihn in der Dunkelheit an, so scharf sie konnte, und es war, als käme ihr plötzlich eine besondere Erleuchtung. Ich weiß, sagte sie und blieb immer noch einige Schritt von der Thür; er hat es mit Euch abgeredet. Er kam und wollte mir im Guten sagen, daß er mich an Euch verhandelt habe oder verschenkt. Ich sollte Euch lieben, wie ihn. Ich kann nicht, sagt' ich ihm, und in mir verschwor ich's, und er sah wohl, daß ich Ernst daraus mache. Da wollt' er mich überlisten und brachte mich in den Kahn hinunter und lief dann zu Euch, zu sagen, ich sei drunten und Ihr solltet mich holen. Aber Ihr sollt mich nicht haben, und wenn Ihr tausendmal sein Freund seid und er mich tausendmal morden will, wenn ich seinen Willen nicht thue. Geht! Ich finde schon meinen Weg nach dem Gebirge zurück, und Ihr könnt ihm sagen – was Ihr wollt, und – gute Nacht!

Sie wandte sich. Kaum hatte Theodor Zeit, aus der Bestürzung sich aufzuraffen und ihr nachzueilen. Er ergriff sie bei der Hand. Caterina, sagte er, wenn ich dir schwöre, daß du bei mir sein sollst, wie eine Schwester, daß ich dich deinem Carlo wiedergeben will, wie du von ihm gegangen – du *kannst* dich nicht weigern, mir in mein Haus zu folgen!

Das wolltet Ihr? Das könntet Ihr? fragte sie stillstehend und ungläubig. Es ist unmöglich, Ihr kennt ihn nicht; ihn ändert Keiner.

Vertraue! sagte er. Die Hoffnung, die ihr zu lieblich zusprach, kam ihm zu Hülfe. Sie machte sich sanft los und ging neben ihm ins Haus hinauf. Sobald sie oben in seiner Wohnung war, noch im Dunkeln, setzte sie sich auf einen Stuhl hart neben der Thür, ihr Bündel, das sie immer bei sich geführt, auf dem Schoße vor sich. Er zündete Licht an und sprach nicht mehr und wühlte in Papieren, mechanisch, ohne Zweck. Seine Seele brannte, wenn er an Bianchi's That dachte; das entzückende Bewußtsein, ihn so zu besitzen, wie diese Stunde ihn belehrt, hielt ihn, wenn er an dem Gedanken, Marien verloren zu haben, fast vergehen wollte.

Indem er so in die Zukunft hinaussinnt und sich bereitet, sein Schicksal auf sich zu nehmen, hört er ein leises Athmen von der Thür her. Er steht auf und bemerkt, daß Caterina sich in festen Schlaf geweint hat. Leise naht er ihrem Sitz. Das Haupt ist ihr auf die Schulter gesunken, die Arme hangen nieder, die Brust stürmt in ängstlichen Träumen. Er hebt sie sicher und vorsichtig auf und trägt sie mit kräftigen Armen auf ein Sopha, das an der Wand steht. Wie er sie dort niederläßt, nähert sich sein Gesicht ihrer Wange; er empfindet den gesunden Hauch der Lippen, der Duft des Haares weht ihn an, die Fülle der Glieder ruht blühend vor ihm. Aber alles Verlangen schweigt in ihm. Er hebt sich empor, breitet seinen Mantel über die Schlafende und geht still in die Kammer. Erst als die geringeren Sterne auslöschen, findet er einen kurzen, unruhigen Schlaf. Aber kein Gedanke an Caterina macht ihn unruhig.

*

Am hellen Morgen trat er in Bianchi's Werkstatt. Er erschrak, wie das fahle, verwachte Antlitz des Freundes von der Arbeit zu ihm aufstarrte. Die Haare schienen ihm grauer geworden, die Augen dunkler. Doch ward der gekniffene Mund mild, als er Theodor sah.

Ihr hattet eine böse Nacht, sagte der, und mein ist die Schuld.

Ich habe gewacht, erwiederte Bianchi ruhig; aber was wollt Ihr für meine Grillen können, die mich dann und wann um den Schlaf singen? Reden wir von bessern Dingen. Erzählt, lest, vor Allem bleibt, wenn Ihr könnt. Sei es denn gestanden: Es ist mir heut eine besondere Wohlthat, Euch sprechen zu hören!

Lieber! es ist umsonst, noch jetzt sich in Worte hüllen, wo das geheime Herz zu Tage liegt. Ich weiß Alles!

Ihr wißt? – So verschweigt, was Ihr wißt! sprach Bianchi heftig, verschweigt, von wem Ihr's habt, redet mir nie ein Wort davon! Es liegt hinter mir, hinter mir, ja! fuhr er fort, und denkt davon, was Ihr mögt; nur laßt Alles bleiben, wie es war. Versprecht mir's!

Theodor stand in Schmerzen. Er dachte daran, daß er in wenig Tagen fern von hier das Alles auch ansehn würde, als läge es weit, weit hinter ihm. Aber er konnt' ihm das nicht gestehn, wenn er nicht das Nächste, was zu thun war, zerrütten wollte.

Ich muß dennoch reden, sagte er endlich. Hätt' ich gestern geschwiegen, da ich mit jenen leichtsinnigen Worten Eure Ruhe erschütterte, so wäre Euch viel erspart. Ihr hättet die Perle nicht von Euch geworfen, nach der ich Thor einen übermütigen, selbstvergessenen Augenblick lang die Hand ausstreckte.

Bianchi schwieg; die Glut stieg in ihm auf, er suchte nach Worten. – Wenn ich sie Euch nun zurückbrächte und sagte: Da habt sie wieder; ich beneide Euch nicht, denn mein Herz hängt an einem Kleinod und es braucht kein Opfer, um uns Beide bei einander zu halten – würdet Ihr mir glauben, Carlo?

Er sah den Wechsel der übermächtigen Empfindungen auf dem Gesicht des Freundes. Der Künstler hielt sich am Tisch, das Haupt auf die Brust gedrückt, die schwer arbeitete; die Lippen bewegten sich tonlos. Theodor ging zur Thür und rief: Caterina! Sie hatte draußen gestanden, Tod und Leben vor sich. Als sie still mit furchtsamen Schritten über die Schwelle trat, sah sie Carlo mit ausgebreiteten Armen am Tische stehn; die Knie versagten ihm. Da stürzte sie mit einem Schrei an seinen Hals.

Die Thür war offen geblieben. Theodor hatte ihr den Rücken zugewendet, in das Bild Edwards vertieft, das seitwärts unverhangen auf dem Gerüste stand. Er hörte Geräusch an der Schwelle und sah sich um. In demselben Augenblick löste sich Caterina aus Bianchi's Arm und erschrak. Sie sahen drei fremde Gestalten verlegen in der offenen Thür, ein älteres Paar und eine schöne junge Dame. Theodor erkannte sie.

Wir stören, sagte der Herr, wir bitten um Verzeihung; aber die Thür war weit offen. Wir kommen wieder, wenn es Euch gelegener ist, Signor Bianchi.

Treten Sie ein, sagte Bianchi. Sie stören nicht. Die hier anwesend, sind mein Freund und meine Frau – Signora Bianchi. Er betonte das letzte Wort und sein Blick fiel auf Caterina, die im Ueberschwang des Glückes zu ihm aufsah. Indeß war Theodor von dem Bilde zurückgetreten. Der Vater begrüßte ihn mit alter Herzlichkeit und wandte sich dann dem Kunstwerke zu. Mit den Frauen wechselte er keinen Gruß. Die lebhafte alte Frau war nach den ersten Worten Bianchi's vor das Relief getreten und stand sprachlos. Mariens Auge hing nur kurze Zeit an dem Bilde des Bruders, dann flog es zu Caterina. Sie erkannte sie wohl. Während die Eltern in tiefster Rührung an einander lehnend sich vom Bilde nicht trennen konnten, trat sie nahe zu Theodor. Sie faßte seine Hand, sie sprach leise zu ihm, die Augen flossen ihr über. Sie tauschten Geständnisse, Selbstanklagen, Gelübde, Jedes dem Andern zuvorkommend, Jedes das Andere an unbegrenzter Hingebung überbietend. Keiner belauschte sie. Denn auch Bianchi, obwohl er nicht sprach, vergaß Alles über den Augen seines Weibes.

Endlich ging Mariens Vater auf ihn zu und drückte ihm die Hand. Seine Augen waren feucht; die Mutter weinte still in ihr Tuch. Ihr wisset genug, sagte der alte Herr; Ihr erlaßt uns zu sprechen. Eins nur: Wann beginnt die Ausführung? Ich habe meinen Plan geändert. Ich wünsche nur einen Stein auf das Grab meines Sohnes, der die einfache Inschrift trägt. Dieses Bild wüßt' ich gern in dem Zimmer, das er bewohnte, an der Stelle, wo sein Bette stand. Wir können den Ort nicht besser einweihen. Aber ich kann den Tag nicht erwarten, wo es unser wird. Ihr werdet am besten selbst für den Marmor sorgen. Verschiebt es nicht einen Tag!

Indessen hatte sich die Mutter gefaßt. Sie wandte sich und reichte Theodor die Hand: sie zog ihn heran und küßte ihn auf den Mund, was sie nur einmal gethan, da sie ihm ihr Kind verlobte. Dann verließen sie Alle die Werkstatt. Die Lüfte waren rein, und über dem Tiberufer schien die Sonne.

Über tredition

Eigenes Buch veröffentlichen

tredition wurde 2006 in Hamburg gegründet und hat seither mehrere tausend Buchtitel veröffentlicht. Autoren veröffentlichen in wenigen leichten Schritten gedruckte Bücher, e-Books und audio-Books. tredition hat das Ziel, die beste und fairste Veröffentlichungsmöglichkeit für Autoren zu bieten.

tredition wurde mit der Erkenntnis gegründet, dass nur etwa jedes 200. bei Verlagen eingereichte Manuskript veröffentlicht wird. Dabei hat jedes Buch seinen Markt, also seine Leser. tredition sorgt dafür, dass für jedes Buch die Leserschaft auch erreicht wird.

Im einzigartigen Literatur-Netzwerk von tredition bieten zahlreiche Literatur-Partner (das sind Lektoren, Übersetzer, Hörbuchsprecher und Illustratoren) ihre Dienstleistung an, um Manuskripte zu verbessern oder die Vielfalt zu erhöhen. Autoren vereinbaren direkt mit den Literatur-Partnern die Konditionen ihrer Zusammenarbeit und partizipieren gemeinsam am Erfolg des Buches.

Das gesamte Verlagsprogramm von tredition ist bei allen stationären Buchhandlungen und Online-Buchhändlern wie z. B. Amazon erhältlich. e-Books stehen bei den führenden Online-Portalen (z. B. iBookstore von Apple oder Kindle von Amazon) zum Verkauf.

Einfach leicht ein Buch veröffentlichen: **www.tredition.de**

Eigene Buchreihe oder eigenen Verlag gründen

Seit 2009 bietet tredition sein Verlagskonzept auch als sogenanntes "White-Label" an. Das bedeutet, dass andere Unternehmen, Institutionen und Personen risikofrei und unkompliziert selbst zum Herausgeber von Büchern und Buchreihen unter eigener Marke werden können. tredition übernimmt dabei das komplette Herstellungs- und Distributionsrisiko.

Zahlreiche Zeitschriften-, Zeitungs- und Buchverlage, Universitäten, Forschungseinrichtungen u.v.m. nutzen diese Dienstleistung von tredition, um unter eigener Marke ohne Risiko Bücher zu verlegen.

Alle Informationen im Internet: **www.tredition.de/fuer-verlage**

tredition wurde mit mehreren Innovationspreisen ausgezeichnet, u. a. mit dem Webfuture Award und dem Innovationspreis der Buch Digitale.

tredition ist Mitglied im Börsenverein des Deutschen Buchhandels.

Dieses Werk elektronisch lesen

Dieses Werk ist Teil der Gutenberg-DE Edition DVD. Diese enthält das komplette Archiv des Projekt Gutenberg-DE. Die DVD ist im Internet erhältlich auf **http://gutenbergshop.abc.de**

Zeitfracht Medien GmbH
Ferdinand-Jühlke-Straße 7
99095 Erfurt, Deutschland
produktsicherheit@kolibri360.de